Stile liber

Loriano Macchiavelli
Fiori alla memoria

Postfazione di Luigi Bernardi

Einaudi

© 2001 Giulio Einaudi editore s.p.a., Torino

Prima edizione Gialli Garzanti 1975

www.einaudi.it

ISBN 88-06-18363-x

Fiori alla memoria

1. Quando si dice la sfortuna...

La sfortuna piú grande è stata quella di venire assegnato all'ufficio dell'ispettore capo Raimondi Cesare. Tutto il resto è venuto dopo: la colite, l'inappetenza, lo stipendio sempre troppo corto, l'auto 28, l'agente Felice Cantoni, il desiderio di buttarsi dalle due torri invece che andare in servizio, le periodiche crisi sessuali, il desiderio di non sposarsi, il desiderio di sposarsi, una pistola in dotazione chiusa dentro un cassetto, sotto i fazzoletti e i calzini puliti, un caricatore ammuffito...

Quando apro il giornale mi aspetto, ogni mattina, un titolo su quattro colonne: «Sergente strangola il diretto superiore, ne sevizia il cadavere, ne occulta il pene e disperde in giro le martoriate membra». Un bel giorno Sarti Antonio, sergente, esce dal bagno, si tiene le mani sulla pancia e mi dice:

– Vado da «lui» e gli chiedo il trasferimento –. Quando è arrabbiato lo chiama «lui».

Io gli dico:

– Fai bene! – Si massaggia un po' e fa una smorfia:

– Altro che colite! Quello mi fa morire... Ma io non ne ho nessuna voglia –. Lo guardo in faccia e lo vedo un po' giallo:

– La colite?

– E cosa se no? – Ci pensa sopra e continua a massaggiarsi. Dice:

– Ieri sera mi ha fatto venire una crisi di nervi e adesso soffro le pene dell'inferno. Proprio ne ho abbastanza! – Cosí lo porto in ottoecinquanta fino alla Centrale; durante il viaggio Sarti Antonio, sergente, riprende un po' di colore, con l'aria fresca che gli entra dal finestrino abbassato.

Appena Raimondi Cesare, ispettore capo, se lo trova davanti, non gli dà il tempo di aprire bocca. Gli sorride:

– Giusto te, Sarti. Capiti proprio, è vero, come si dice, come il cacio sui maccheroni... – Sarti lo guarda e riesce a reprimere un conato. Quello gli sfoglia sotto il naso il giornale fresco di stampa e gli indica, col dito, un articolo che è già segnato in rosso:

– Leggi, leggi pure! Cose da pazzi! – Sarti Antonio, sergente, legge:

– Avvertimento intimidatorio dei banditi neri al monumento ai Caduti. Ignoti, ma di chiara provenienza politica, incendiano la baracca degli addetti ai lavori.

Testo: «Questa notte è scoppiato un incendio all'interno della baracca contenente gli abiti di lavoro e gli attrezzi degli operai addetti alla costruzione del Monumento ai Caduti Partigiani che sta per essere ultimato in località Pieve del Pino, a circa 50 chilometri dalla nostra città. Tutto è andato distrutto. L'attentato, perché di attentato si tratta, è una ennesima offesa alla memoria di chi è caduto per la libertà del nostro paese e dimostra chiaramente che le autorità di polizia non vogliono far niente per assicurare alla giustizia i criminali. Nel verbale della questura, infatti, si parla di incendio dovuto a cause imprecisate. Cosa vuole la polizia?»

«Vuole che i delinquenti lascino sul luogo degli attentati una dichiarazione di colpa?»

«O vuole che siano i veri democratici a far giustizia?»

«Ci siamo recati sul luogo e abbiamo raccolto prove piú che sufficienti per dimostrare che si è trattato di un vile atto di sabotaggio...»

Raimondi Cesare, ispettore capo, gli strappa il foglio dalle mani, quando ancora non ha finito di leggere. Dice:

– Visto? Visto che roba? Noi... è vero, come si dice... siamo degli incapaci, degli incompetenti... Bisognerebbe arrestarli tutti!

Sarti Antonio, sergente, gli chiede:

– Chi ha steso il verbale?

– Ho mandato una pattuglia del 113! Cos'altro dovevo fare? Dovevo andare io? Il sopralluogo è stato eseguito assieme agli ufficiali dei Vigili del Fuoco, è vero, come si dice... Ma per quelli, noi non facciamo mai niente di logico, noi...

Getta il giornale nel cestino, ma poi lo raccoglie, lo stira, lo piega in quattro e lo infila nella tasca della giacca, appesa dietro la porta.

Si rimette alla scrivania e borbotta chissà cosa. Sarti aspetta che «lui» alzi gli occhi dalle sue carte, ma «lui» non ci pensa neppure. Dice, questa volta piú forte, tanto da farsi intendere:

– Mi farebbe proprio un piacere, è vero, come si dice...

– Prego?

Ecco che alza gli occhi, benigni, verso Sarti Antonio, sergente:

– Dico che mi farebbe proprio un piacere se lei andasse a dare un'occhiata lassú...

Sarti non ha mai avuto il piú piccolo desiderio
di fare dei piaceri a «lui», però dice:

– Senz'altro!

Fa per uscire, ma poi si volta e dice:

– Cosa ne penserà quello che ha fatto il primo
verbale?

– Cosa vuoi che gliene importi? Basta che lo stipendio corra tutti i mesi...

«L'amor proprio degli altri tu te lo sbatti sotto
le suole, vero?» Ma non lo dice, lo pensa ed esce.

È già sul portone quando un agente lo chiama
da una finestra sul cortile:

– Sarti! sergente Sarti! Ti vuole l'ispettore capo!

Risale le scale, rientra dalla porta da cui era appena uscito, guarda di nuovo in faccia l'ispettore
capo Raimondi Cesare, reprime di nuovo il conato e aspetta di nuovo gli ordini.

– Lascia stare, lascia stare: manderò qualcun altro!

«Ottimo!» Anche questo non lo dice. «Lui»,
invece, continua:

– Mi ha telefonato il prefetto: vuole che tutte
le notti ci sia qualcuno di guardia al monumento.
Non vuole che si dica che la polizia protegge chissà chi...

Sarti Antonio, sergente, è proprio contento, ma
quello non lo lascia contento per molto:

– Cosí andrà lei, è vero, come si dice... almeno
fino all'inaugurazione –. È proprio una mazzata
sul collo.

– Non sto molto bene: la colite... Anche oggi...
Ero proprio venuto per dire...

– Naturalmente di giorno starà a riposo... Mi
sembra logico, è vero, visto che sarà in servizio durante la notte.

– Grazie.

E questa volta se ne va sul serio. Neanche se lo chiama il presidente della repubblica, torna indietro!

Il presidente della repubblica non lo chiama e neppure Raimondi Cesare, ispettore capo. Cosí Sarti Antonio, sergente, può andare al bar a prendersi un caffè. Lo manda giú, paga e dice:

– Fa schifo!

Al ritorno, l'ottoecinquanta la guida lui e non apre piú bocca. Gli chiedo:

– Va meglio con la colite?

Non vi dico quello che mi risponde perché riguarda la mia persona e non la presente storia. Non mi preoccupo e continuo:

– Potevi parlargli del trasferimento...

Ho proprio paura che, stavolta, quello che mi risponde riguardi anche la presente storia e le storie future.

Sarti Antonio, sergente, finisce di bestemmiare poi dice:

– Quando ti parla e ti dà del lei, sta pure tranquillo che è il momento che ti frega. Ti frega che non c'è Cristo!

2. Una notte piuttosto fredda...

La baracca bruciacchiata doveva servire per i materiali e per gli abiti degli operai addetti alla costruzione del monumento. Ma da quando aveva preso fuoco (o le avevano appiccato il fuoco) non serviva piú a niente. Adesso si vede bene da dove è partito l'incendio: il pavimento di legno, vicino alla porta d'ingresso, non c'è quasi piú. O meglio, ci sono del carbone e della cenere.

Di qui, il focolaio si è allargato, su, verso l'attaccapanni (bruciacchiato anche quello) e da ogni parte.

– Cosa c'era lí? – Sarti indica il punto da dove è partito il fuoco.

– Ci si mettevano le scarpe buone; qui i panni, i soldi, gli occhiali, i documenti e tutto il resto. Uno di noi, un manovale, ci ha rimesso la dentiera...

– Cosa?

– La dentiera! La mette solo quando mangia. Per il resto la tiene in tasca o dentro la borsa del mangiare, avvolta in un fazzoletto. L'altra sera l'aveva dimenticata in baracca e cosí se n'è andata assieme al resto. Sono piú di quarantamila lire...

– Era di seconda mano?

Il muratore non capisce la finezza. In effetti,

l'umorismo di Sarti non è afferrato da molti: è un fatto che ho potuto constatare piú volte.

– Qualcuno di voi fuma?

– Tutti!

Non c'è traccia di bottiglie rotte, non c'è traccia di materiale combustibile, non si sente odore di benzina... Niente di niente. Dice Sarti:

– Per me ha preso fuoco un paio di calzini. Qualcuno ha gettato una cicca e hanno preso fuoco i calzini...

Il muratore lo guarda storto e se ne va. Brontola:

– Già! I calzini. I calzini neri! Cosí è sistemato tutto no? E noi che non ci avevamo pensato...

Sarti non si lascia andare:

– Il fumo fa male: dovete ricordarlo!

In baracca non ci si può stare, è come se si rimanesse all'aperto: c'è un vento che taglia, su quella cresta; cosí Sarti rientra in macchina.

L'ultimo ad andarsene è il muratore che ha parlato dei calzini neri. Dev'essere il capo operaio: salta sulla bicicletta e passa di fianco all'auto 28 canticchiando:

Se non ci conoscete
guardateci dall'alto:
noi siam le calze nere
del battaglion d'assalto...

A Sarti viene la mosca al naso, perché non gli piace che lo sfottano.

Lo chiama:

– Ehi, tu! Senti! – «Ehi tu» torna indietro e si ferma all'altezza della portiera dell'auto 28.

– Dica, capo.

– Come ti chiami? – Al muratore è già passata la voglia di cantare: si vede subito. Domanda:

– Perché?

– Perché mi piace sapere con chi parlo…
– Golfarini.
– E poi?
– Golfarini Antilio.
– Bel nome! Senti Antilio: io non so se i calzini che hanno preso fuoco in baracca erano neri o rossi, però ti assicuro che lo scoprirò. E allora, caro Antilio, può darsi che te ne faccia ingoiare un paio di quei calzini. Ciao. Stai bene.

Antilio se ne va, senza piú cantare.

Canta Sarti Antonio:

Avanti popolo
ci son dei fossi,
calzini rossi, calzini rossi…

Felice Cantoni, agente, guarda Sarti, a bocca spalancata. A sua memoria, il sergente non ha mai cantato.

– Bella voce, sergente.

Poi viene la notte, fredda da far schifo, buia da spedire una lettera di protesta all'Enel e lunga, lunga da non finire mai.

Felice Cantoni, agente, sbuffa:

– Ci vorrebbe una sigaretta –. La trova da qualche parte, nelle tasche, e la mette in bocca.

– Se vuoi fumare, esci dalla macchina –. Felice Cantoni si allunga piú che può sul sedile, e sospira:

– Non fumo! Questa è per domattina. Sta' tranquillo, sergente.

Ma dopo un po' ricomincia a sbuffare:

– Ci vorrebbe un caffè caldo!

Sarti allunga una mano nel cruscotto e trova il contenitore. Toglie il cappuccio e si beve un lungo sorso. Felice lo guarda:

– Cos'è?

– Cos'è cosa?

– Cos'è quello che hai bevuto...

– Caffè. Perché?

– Ah! – Cantoni aspetta, ma non succede niente, proprio niente di quello che lui vorrebbe... Cosí decide:

– Se ne può avere un sorso?

– Di che?

– Di caffè, accidenti! – Sarti glielo passa ed esce dalla macchina.

– Mi sgranchisco le gambe. Tu fai un pisolino che poi mi dai il cambio –. Si allontana. Felice Cantoni ingoia un sorso di caffè caldo, aromatico. Dice:

– Buono, sergente, molto buono!

– Lo so. Io faccio sempre un caffè molto buono.

E corre per scaldarsi. Non ricorda che in aprile abbia mai fatto tanto freddo come questa notte. Conta i massi del monumento. Ogni masso è un caduto, e sono cinquantatre.

Legge i nomi, tutti.

Poi c'è una lapide con un discorso nel quale ci si perde...

Poi c'è un muro in cemento lungo trenta metri e alto tre, dal quale spuntano i mitra. Mitra tedeschi, puntati al petto di chi guarda. Poi c'è Felice Cantoni, agente, che sta già dormendo e c'è un vento gelido che fa rizzare il pelo.

Basta che Sarti Antonio, sergente, prenda un po' di freddo che subito gli scoppia la colite nella pancia. Come adesso: dei morsi da sudare.

Prima di tornare in macchina, guarda l'orologio: sono le due. Si allontana un po' e trova un posto tranquillo. Facile, quando si è in montagna, fra gli alberi e i cespugli di un bosco.

Dopo sta meglio e decide di dare il cambio a Felice Cantoni. Cosí, torna alla macchina proprio mentre un raggio di luna, il primo in quella maledetta notte, esce dalle nuvole e illumina il muro curvo, grigio e opprimente. Illumina anche una scritta nera, alla base del muro, che solo cinque minuti prima non c'era.

«A morte i rossi. No al 25 aprile».

Sono belle lettere, a spruzzo, alte dai venti ai venticinque centimetri, fresche di stampa, che colano goccioloni neri, sbrodolando lungo il muro.

– Puttana! Felice! Felice! Accendi i fari!

Ma quello dorme e allora Sarti gli piomba sopra e lo scuote.

– Accendi i fari, Cristo!

E quando i fari picchiano sul muro, le scritte appaiono ancora piú nitide, belle, brillanti, come bagnate di rugiada.

Felice Cantoni, agente, salta dalla 28 e si avvicina al muro:

– Chi è stato?

Sarti cerca la torcia e bestemmia perché è sempre stata lí e adesso che serve non riesce a trovarla.

– Chi è stato, sergente?

– Sono stato io, Cristo!

Felice Cantoni, agente, sbarra gli occhi:

– No! Ma... ma perché?

L'ho già detto che l'umorismo di Sarti Antonio, sergente, non è capito da tutti: Felice Cantoni è fra quelli che non lo capiscono.

– Prendi il mitra e cerca... Cerca qui attorno, Cristo, invece di perdere tempo in domande stupide! Non può essere lontano quel figlio di puttana!

Corre a destra e a sinistra con la torcia accesa, come uno che sia diventato matto di colpo. Anche

Felice Cantoni, agente, si dà da fare e urla; adesso ha capito tutto.

– Vieni fuori, delinquente! Fatti vedere, delinquente!

Sarti bestemmia come aveva bestemmiato solamente nel lontano 1948:

– Ti volti per pisciare e quelli ti fregano! Aspettano solo che ti volti, figli di puttana! Cristo, se ne trovo uno! Se ne trovo uno...

Uno lo trova: sdraiato nel fosso, a pancia in giú...

Proprio come se volesse nascondersi.

Ha la testa cosí spappolata che non si capisce bene quale sia il viso e quale la nuca.

Sarti gli tiene il faro puntato sulle scarpe. Chiama:

– Felice! Felice! – Ma dalla bocca non deve uscirgli niente perché neppure lui sente la sua voce.

Chiude gli occhi e gli rimane la testa spappolata impressa dentro. Ingoia un po' di saliva, si volta e urla, con tutto il suo fiato (devono sentirlo fino alla centrale):

– Felice!

Felice Cantoni arriva di corsa:

– Cosa c'è, sergente?

Sarti gli accende la torcia, ma non guarda, cerca di non guardare. Sente la voce di Cantoni:

– Oddio!

Sarti gli passa la torcia. Ordina:

– Resta qui!

Si avvia all'auto 28 che se ne sta ancora a fari accesi a circa trecento metri dal fosso con il cadavere.

– Qui auto 28! Qui auto 28! Chiamo la centrale. Sergente Sarti... Abbiamo trovato un morto...

Abbiamo trovato un morto… Abbiamo trovato un morto…

Non gli riesce di dire altro: poi, fa appena a tempo a voltarsi da un lato.

3. Giacinto Gessi tutto casa e chiesa

Quando un giornalista trova un cadavere, uno qualunque, è a nozze. Adesso non è ancora giorno fatto (sono le sei del mattino), di cadaveri ce n'è uno già pronto e i giornalisti sono lí che ronzano attorno.

Gianni «Lucciola» Deoni salta come un grillo, le lenti spesse dei suoi occhiali, un po' appannate per la rugiada, spuntano dappertutto: fra i cespugli, in mezzo ai lampi dei fotografi, sotto le ruote delle auto degli agenti... E parla, parla...

Si avvicina a Sarti e gli sussurra:

– Poi mi racconti tutto...

Sparisce di nuovo dietro a uno della scientifica e rispunta, poco dopo, dietro il camice di un infermiere.

Chi non parla, invece, è Raimondi Cesare, ispettore capo. Sta a guardare le scritte sul muro. Poi fa un cenno a Sarti e si allontana un po' dal caos. Abbastanza per non essere ascoltato dagli altri e attacca, sottovoce, ma con una gran rabbia dentro. A denti stretti, per intenderci:

– Io mi chiedo come abbiano potuto fare le scritte senza che lei se ne sia accorto... Io mi domando, è vero, come si dice, come abbiano potuto massacrare quel disgraziato a due passi da lei, senza che lei se ne rendesse conto. Io mi domando, è vero...

E il tono della sua voce si fa piú nitido e soste-
nuto:

– Io mi domando, è vero, come si dice, cosa l'ho
mandata qui a fare!

Sarti Antonio, sergente, crede che sia inutile,
adesso, spiegare come sono andate le cose... (io sono del suo parere). Cosí, senza aprire bocca, se ne
torna verso il muro.

– Dove va?

– A cercare qualcosa...

– Cosa vuole mai cercare adesso? Doveva tenere gli occhi aperti prima! Doveva tenere gli occhi
aperti prima! Cosa vuole mai cercare adesso? Non
mi faccia ridere. Sa cosa le dico? I giornalisti li
mando da lei: glielo spiega lei com'è successo e perché! Lei gli dice che è venuto qui a dormire perché giú, in città, faceva troppo caldo! È vero?

– Li mandi pure da me.

Ma Sarti non ci crede: Raimondi Cesare può ri-
nunciare a mangiare e a fare l'amore, ma non ri-
nuncerà mai a parlare con i giornalisti.

Quello gli trotta dietro e continua a sbraitare:

– Lo sa, sergente, cosa ci sarà sui giornali domani? «Un attentato e un omicidio sotto gli occhi
della polizia che guarda e lascia fare. La polizia e
le trame nere sono d'accordo».

Continua per un pezzo. Ma Sarti se ne sta davanti al muro e lo guarda: il maledetto muro grigio, curvo e opprimente, con i mitra all'altezza del
suo petto. Non riesce proprio a ricordare se ieri sera quelle tavole di legno che adesso stanno appoggiate sulla terra smossa e corrono dalla strada fino
al muro, fossero già lí. O forse sono state messe
questa notte dallo «scrivano», per non lasciare impronte sulla terra fresca?

Non riesce proprio a mettere a fuoco il fatto: glielo potrà dire, magari, Golfarini Antilio, appena tornerà in cantiere.

Quando Sarti lo vede arrivare sulla solita bicicletta, gli piomba sopra e lo trascina al muro:

– Senti: quelle tavole erano lí, ieri sera?

– No. Non lasciamo mai le cose fuori posto, quando stacchiamo.

L'uomo si guarda attorno piuttosto meravigliato di trovare che si è mossa tanta gente per una scritta sul muro. Dice:

– Quella scritta deve essersi fatta da sola, stanotte, vero sergente?

Glielo portano via dalle mani e lo accompagnano a vedere il cadavere. C'è un casino, in giro, da perderci la testa. Io la sto già perdendo e Sarti pure. Non c'è da meravigliarsi: dopo una notte intera trascorsa senza chiudere occhio.

Ma riesce ancora a fare due conti. Se hanno dovuto piazzare lí otto tavole, lunghe quattro metri e scrivere la frase, Cristo! avranno pure impiegato tre minuti! Un minuto per avvicinarsi senza far rumore e un altro per andarsene:

«E io non sono stato via piú di tre minuti!»

E poi vorrei che Sarti mi spiegasse, come si possono muovere delle tavole di quattro metri senza far rumore...

Lui prova senza tavole e io gli prendo il tempo: di corsa alla catasta delle assi (che è anche un po' distante) e di corsa a sbatterle in terra. Poi, ancora alla catasta e cosí via per otto volte. Sempre di corsa, il sergente finge di scrivere, con una bomboletta spray: «A morte i rossi. No al 25 aprile».

Totale: quattro minuti e venti secondi, senza paura di far casino. Allora Sarti torna da Golfarini Antilio:

– Sei proprio sicuro...

Quello è sicuro. Vuol dire che dovevano essere in piú d'uno. Ci saranno delle impronte sulle tavole e la scientifica le troverà.

Alla fine, il sole è già alto, arriva il prete (un marcantonio di 1,80 e passa, sui cinquanta) di Pieve di Pino. Guarda il cadavere con una smorfia di disgusto sul viso (e lo capisco), e dice:

– Dagli abiti mi pare proprio Giacinto Gessi. Poveretto: un gran bravo giovine. Tutto casa e chiesa. Poveretto! Che fine orribile. È il figlio del contadino del mio podere. Poveretto! Che fine orribile –. Direi che sta per piangere, ma invece si inginocchia e comincia le litanie. Tutti si fermano e si dimostrano molto religiosi.

Si segnano, anche.

Poi, quando il prete si alza, ognuno riprende il lavoro che aveva sospeso.

Verso sera, Sarti e tutti gli altri che si interessano alle indagini, hanno in mano gli elementi che mancavano e che lasciano le cose esattamente come prima.

Uno: il cadavere appartiene a Giacinto Gessi «casa e chiesa». Ventisei anni, contadino, benvoluto da tutti i compaesani e abitante nel podere annesso alla chiesa di Pieve del Pino. Comunione tutte le domeniche e niente, assolutamente niente, da dire sul suo conto. Parola di prete di campagna.

Due: è morto, in seguito allo spappolamento del cranio, attorno alle due di notte. Lo spappolamento è stato lodevolmente ottenuto mediante un grosso sasso rinvenuto nelle vicinanze.

Tre: niente impronte sul sasso di cui sopra.

Quattro: molte impronte, invece, sulle tavole attorno al muro curvo, grigio e opprimente. Le impronte di tutti i muratori, manovali di prima e di seconda categoria che le hanno spostate da mesi, durante la costruzione del monumento.

Cinque: probabile motivo del massacro: «lo scrivano» o «gli scrivani», durante la fuga si è (o si sono) imbattuto (i) nel Giacinto Gessi «casa e chiesa» e lo ha (o lo hanno) soppresso in qualità di testimone oculare.

Sei: non resta che trovare «lo scrivano» (o «gli scrivani») per avere in mano l'assassino (o gli).

Ecco tutto! Quando Raimondi Cesare, ispettore capo, ha finito la relazione ai suoi uomini, chiede se qualcuno di loro ha per caso qualche idea.

È uno spettacolo vedere come tutti sono occupati in mille cose. Un paio si guarda le scarpe come se fossero anni che non aveva il piacere di incontrarle. Altri tre se la prendono con le mani. Uno ha smontato la penna a sfera e bestemmia perché lei, la penna a sfera, non vuole saperne di farsi rimontare.

Sarti ha mal di testa e un attacco di colite, per cui non fa altro che comprimersi la pancia con le mani.

Il finale e la chiusura sono questi:

– Allora, è vero, come si dice, speriamo che le idee vengano con il sonno. Sarti, stanotte, naturalmente, lassú, andrà qualcun altro. Nella speranza che riesca a stare sveglio.

È come se a Sarti lo avesse morso un topo. Scuote la testa e guarda Raimondi Cesare dritto negli occhi. Dice:

– Non è vero niente! Andrò io! Ho un conto aperto, lassú. Desidero chiuderlo il piú presto possibile!

Volta la schiena agli astanti e toglie il disturbo.

«Lui» non ha il tempo di ribattere perché Sarti è già in cortile.

– Sarà un mestiere del cavolo, prenderò uno stipendio da fame, ma che io sia già rimbambito non lo credo proprio! E non credo neanche ai fantasmi!

Felice Cantoni, agente, lo ascolta senza intervenire. Almeno per un po'. Prima di lasciarlo davanti al portone di casa gli dice:

– È proprio un mestiere del cavolo. Si prendono soltanto calci in faccia... Per quello che ci danno... non è neppure uno stipendio! Non capisco perché non la piantiamo!

– Io lo capisco: non sappiamo fare altro che questo schifo di mestiere –. Sarti scende e Felice gli dà il colpo di grazia:

– Perché, questo schifo di mestiere, lo sappiamo proprio fare? – Il sergente sbatte la portiera con forza: sa che questo fa molto male a Felice Cantoni, agente. E brontola:

– Vieni a prendermi alle otto.

– Cosa?

– Hai capito bene: facciamo alle nove. Questa notte io e te torniamo lassú!

– Ma sono già le cinque! Appena quattro ore di sonno... Non dormiamo da quarantotto ore...

– Ti pagheranno gli straordinari.

Quando Felice Cantoni, agente, riavutosi un po', mette in moto l'auto 28, Sarti è già sul letto, vestito, che si massaggia le tempie.

Felice Cantoni, agente, continua le sue litanie:

– Bella soddisfazione: cinquecento lire l'ora, gli straordinari. Bella soddisfazione!

E fila a casa, con la sirena spiegata, per guadagnare qualche attimo da spendere per il sonno.

4. Vigilanza rivoluzionaria

L'auto 28 arriva al monumento verso le dieci di sera. C'è gente che razzola attorno e allora Sarti lascia l'auto e Felice Cantoni a una certa distanza e si avvicina a piedi. Gli intrusi saranno in sei, e uno è Rosas.

Di Rosas vi ho già parlato un'altra volta e non sto a ripetervi chi è o com'è fatto.

Sarti preferisce stare fuori dal gruppo a guardare la valle. Di là si vede benissimo il fiume Reno, una striscia umida d'argento lasciata da una lumaca a passeggio sui sassi...

Non c'è vento: c'è la luna. E l'autostrada, sempre laggiú, che viaggia a lato del fiume, è una cordella grigia, stracciata dalle auto a fari accesi. Si perde, a monte, come si perde il fiume, fra le curve delle colline che diventano sempre piú alte, verso la Toscana.

Nel gruppetto hanno smesso di blaterare e adesso si può sentire, attutito, il rumore delle auto. Poi comincia il fischio di Rosas, anche questo attutito, quasi in sordina. Sempre uguale, monotono...

Sarti è stanco di guardare la valle e si decide: li trova uno qua e uno là, seduti sull'erba o sdraiati e avvolti in una coperta. Va verso quello che sta fischiando in sordina:

– Cosa ci fai qui?

Rosas si volta e dice:

– Quello che avresti dovuto fare tu ieri sera, sergente.

– Sarebbe?

– Vigilanza. Vigilanza rivoluzionaria! – E riprende a fischiare.

– Anche quelli?

Rosas annuisce. Sarti fa segno a Felice che può venire avanti con l'auto 28.

– Andiamo bene! Stanotte ci farà compagnia l'asilo nido...

– Meglio l'asilo nido che un paio di questurini addormentati.

Non è stato Rosas a parlare, ma un altro. Uno di quelli sparsi là attorno: ma Sarti Antonio, sergente, non saprebbe dire chi. Si volta verso il punto da cui è venuta la voce e cerca. Intanto è arrivato anche Felice Cantoni, agente, che gli domanda:

– Tutto bene, sergente?

Sarti Antonio non fa a tempo a rispondergli perché lo precede il solito tipo, nascosto da qualche parte, nel buio.

– Tutto bene, agente! Dormi tranquillo.

Sarti va verso il primo che si trova a portata e lo guarda in faccia. Poi, uno per uno, passa tutti gli altri. Ce ne sono due, uno e una, avvolti assieme in una coperta. Dev'essere stato il giovanotto e Sarti giurerebbe che, sotto il panno, stanno senza mutandine lei e con l'oggetto fuori lui. Prende un angolo della coperta e tira: rotolano via come due legnetti. Ma sono a posto, tutti e due.

Sarti Antonio, sergente, chiede a quello che gli sembra il maschio:

– Perché non le dici in faccia le cose che hai da dire?

Ma quello non ci fa neppure caso: raccoglie il panno, lo stende di nuovo e di nuovo ci si mette sopra. Fa posto alla donna e ci si riavvolgono insieme, stretti che sembrano uno solo.

Sarti torna da Rosas, ma prima dice:

– Stronzo! – E a Rosas:

– Mi vuoi spiegare?

– C'eri tu, sergente, ieri notte? – Sarti annuisce. – Ci avrei scommesso un esame. Dormivi, sergente?

– Un colpo che ti pigli! A te e a loro! Adesso ve ne andate tutti quanti a nanna e ci lasciate in pace, d'accordo?

Rosas non è dello stesso parere:

– Per niente! Proprio per niente! Vogliamo vedere se almeno riusciamo a conservare le basi di questo monumento ai caduti?

Sarti Antonio, sergente, sa che non può farci niente e non gli dispiace proprio di aver trovato Rosas. Prima di domani mattina si può anche fare due chiacchiere su quello che è successo e sentire cosa ne pensa lui. Cosa ne pensa Rosas, voglio dire. Cosí va in macchina e si versa un caffè. Felice Cantoni, agente, gli chiede:

– Chiamo la centrale?

– Perché?

– Per farli sgomberare...

– Che fastidio ti danno?

– Nessun fastidio, a me! Nessun fastidio –. Ci pensa un po' e conclude:

– Chissà se all'ispettore capo Raimondi Cesare danno fastidio?

– Bevi e dormi! – Sarti gli mette in mano il bicchiere-tappo e torna da Rosas:

– Hai letto del morto? – Rosas fa sí con la testa.

– Ti rompe parlare? – Rosas fa ancora sí con la testa.

Un tale, uno di quelli buttati là attorno, si avvicina e chiede:

– Mi vende una sigaretta, sergente?

Sarti si limita a guardarlo in faccia: tutti sanno che Sarti Antonio, sergente, non fuma. Non ha mai fumato. Non fumerà mai!

Da dove arriva, questo?

Il tale deve aver capito perché dice:

– Va bene –. E se ne torna da dove è venuto.

Sarti si siede di fianco a Rosas e, come Rosas, si limita a guardare la valle. Poi, chissà quanto tempo dopo, è proprio Rosas che comincia:

– Se vogliamo essere onesti, non è che il loro sacrificio sia stato del tutto utile: oggi ce ne accorgiamo bene. Ma loro, poveretti, non immaginavano che sarebbe finita cosí.

Sarti ha capito di chi sta parlando e lo lascia dire:

– Fare un monumento alla loro memoria, oggi, non ha proprio nessun senso: ci siamo dimenticati perfino del perché sono morti. Può essere solo una sfida a chi vuole che dimentichiamo anche la loro morte. Una sfida che poi è inutile, perché non possiamo venire qui tutte le notti; prima o poi metteranno un paio di candelotti...

In giro, da qualche parte, un giovane deve aver acceso un fuoco perché Sarti ne vede il riverbero tutto attorno e anche sul viso di Rosas che si tinge di fiamma.

Rosas si leva gli occhiali, chiude gli occhi e si sdraia. Dice:

– Erano in cinquantatre e li hanno uccisi tutti. Massacrati senza che potessero neppure difendersi.

Indica col braccio teso la collinetta che sta sopra le loro teste e domina il monumento:

– Di là hanno sparato, sparato, e sparato. Fino a quando ne hanno visto uno muovere un dito. Un lavoro ben fatto, con tutto il tempo che ci vuole per mettere in posizione le mitragliatrici e il resto...

Né io e, credo, neppure Sarti, sapevamo come si fossero svolti i fatti: siamo molto ignoranti. Ma non so se è solamente colpa nostra. Poi, Rosas si rimette gli occhiali e si rialza: cerca attorno con gli occhi. Dice:

– Lo vedi? È nato tre mesi dopo il fatto. E suo padre era uno dei cinquantatre che ci hanno lasciato la pelle... Suo padre è morto qui perché suo figlio, quello là, potesse vivere in una repubblica democratica fondata sul lavoro e dove la sovranità appartenesse al popolo... Lui, infatti, lavora! Proprio come dice la Costituzione. E appena si azzarda a esercitare la sua sovranità, arrivate voi e lo mettete in galera. D'altra parte, tu e i tuoi soci, fate il vostro dovere, perché: «articolo 52. La difesa della patria è sacro dovere del cittadino». Certo che quello là, se lo lasciate fare, chissà dove la porta questa nostra Patria Democratica e Repubblicana...

Poi, Rosas, la smette di parlare e riprende a fischiettare, sempre in sordina, per non disturbare gli altri che si sono sistemati attorno al fuoco. Tranne i due del panno: quelli non hanno freddo e Sarti Antonio sa che, adesso, stanno proprio facendo l'amore. Ma non si alza e non va a scoprirli. Quando un fiato di vento glielo porta all'orecchio, sente il respiro della ragazza, irregolare, caldo e soffocato. O forse gli pare soltanto. Ma non si volta per accertarsi.

5. Calzini neri e calzini rossi

Per tutto il tempo che Sarti Antonio, sergente, gli racconta gli avvenimenti, Rosas non smette un istante di fischiettare. Dà noia, urta i nervi, vien voglia di tappargli la bocca, ma non ci si può far niente. Se ne sta sdraiato, occhi chiusi, viso da faina miope (cosí senza occhiali che tiene in bocca per le stanghette), e fischietta... Chissà poi cosa? Non si riesce mai a capire.

Il fuoco è morto e gli altri, anche Felice Cantoni, agente, dormono. Alla fine, quando Sarti non ha piú niente da dire sui fatti che sono accaduti, Rosas si alza e gli chiede:

– Vogliamo provare?

– Proviamo pure.

– Vediamo quanto tempo ci si mette in due. Non credo che fossero piú di due! Te ne saresti accorto! Tu, sergente, vai a metterti dov'eri l'altra notte, fai quello che devi fare e torni. Felice Cantoni, il tuo agente...

– Non è il «mio» agente!

– Felice Cantoni prende i tempi.

E partono: è uno spettacolo vederli lavorare. Sembra quasi che siano stati loro, per la precisione dei movimenti, per la sveltezza dell'esecuzione e per il resto.

Ma ci mettono troppo e quando Sarti Antonio

torna dall'aver fatto quello che aveva fatto la notte prima, la scritta è ancora a metà.

Sarti scuote la testa:

– Avete fatto un casino da svegliare un morto!

– Credi proprio che loro avrebbero fatto meno rumore? Prova a muovere delle tavole di corsa e te ne accorgi. Chi ti ha detto che le tavole non erano già sul posto, ti ha detto una balla! Proviamo a fare solo la scritta.

Sarti Antonio, sergente, torna fra i cespugli, ma questa sera la colite non si fa sentire: è un peccato perché avrebbe potuto approfittarne.

Quando torna, sono tutti seduti, come se non fosse successo niente. Manca Rosas. Sarti si guarda attorno.

Gli dice Cantoni:

– Ha scritto e poi è scappato. Avrebbe potuto benissimo farcela che tu non te ne saresti accorto.

– E neppure tu!

Rosas lo chiama e quando Sarti lo raggiunge, si trova proprio vicino al fosso del cadavere. Dice Sarti Antonio:

– Deve essere andata cosí –. E Rosas:

– Ne sarebbe bastato anche uno solo. Le tavole erano già sistemate.

Sarti torna all'auto 28:

– «Calzini rossi»! Mi ha detto una balla! Perché?

– Chiediglielo.

È quello che fa. Golfarini Antilio «calzini rossi» si presenta in cantiere poco prima delle sette e mezzo e trova Sarti che lo aspetta. Tutti gli altri (quelli della «vigilanza rivoluzionaria») se ne sono già andati da un pezzo: la corriera torna in città verso le sette e a quest'ora sono in viaggio.

Sarti prende Golfarini da parte e gli dice:

– Senti un po' «calzini rossi»: tu mi hai raccontato una storia per quelle tavole.

– In che senso, scusi?

– Nel senso che le tavole erano già pronte sul terreno vicino al muro e aspettavano solo «lo scrivano». C'erano prima che io arrivassi qui...

– Non è vero! Può chiederlo agli altri, sergente!

– È quello che farò!

Sarti va in baracca. Gli operai si stanno cambiando: alcuni sono in mutande, altri nudi. Dice:

– Qualcuno di voi ricorda se l'altra sera c'erano le tavole messe come sono messe ora, vicino al muro? – Tutti escono a guardare verso il muro, anche quelli nudi. Ma nessuno risponde: tornano in baracca, semplicemente, e finiscono di vestirsi.

– Allora?

Ancora niente. Sarti si arrabbia. Mi sarei arrabbiato anch'io che sono piú calmo di lui. E anche voi, ci scommetto!

Vedere questi tipi che si infilano i calzoni davanti a voi, come se fossero soli, mentre voi siete lí che aspettate i loro comodi... Ci si può anche arrabbiare. Come Sarti Antonio, sergente. Che urla:

– Allora? Vi ho chiesto qualcosa!

Quello che si decide ad aprire bocca tiene ancora in mano un paio di calzini sporchi di cemento e di sabbia. Nell'altra mano ha un pezzo di salsiccia appassita. Dice:

– Prima di andar via, mettiamo tutto in ordine. Non si lascia un cantiere in quelle condizioni... – E indica con la testa le tavole appoggiate sul terreno smosso, vicino al muro. Finisce di infilarsi i calzini. Golfarini Antilio è raggiante. Dice: – Visto?

– Andiamo a casa tua!

– Ma perché?

– Te lo spiego mentre andiamo...

– Io devo lavorare: non posso lasciare gli operai senza nessuno! Io sono il capo cantiere: devo organizzarli...

– Si organizzeranno da soli. Sono già grandi. E poi è ora di finirla con i capi! Questa è una Repubblica democratica. Andiamo, «calzini rossi».

Se lo trascina dietro fino alla macchina 28 e lo spinge dentro. «Calzini rossi» non si dà pace:

– Vorrei sapere perché! Vorrei proprio sapere perché!

– Da che parte?

– Di là! Vorrei sapere perché! Vorrei proprio sapere perché!

Sarti Antonio, sergente, lo guarda in faccia:

– Quando io sono arrivato, l'altra sera, tutti gli operai, tutti quelli con i quali abbiamo appena parlato, se n'erano già andati! Te lo ricordi? Tu avresti benissimo potuto sistemare le tavole dopo la loro partenza e prima del mio arrivo e nessuno se ne sarebbe accorto. Né loro, già partiti, né io, ancora da arrivare. Chiaro? E poi cosa ci facevi a quell'ora, ancora in cantiere? Tu solo?

«Calzini rossi» non si dà pace. Scuote il capo:

– Io sono sempre l'ultimo ad andarmene... Potete informarvi... Io sono l'ultimo perché devo controllare un sacco di cose, prima di andare a casa...

– E devi sistemare anche le tavole. A che partito sei iscritto?

Adesso Golfarini non risponde piú, ma credo proprio che non serva una sua risposta.

Arrivano davanti alla casa di Golfarini Antilio «calzini rossi» proprio mentre un bimbo di sei, sette anni sta verniciando un'automobilina a pedali.

Sarti Antonio, sergente, scende dall'auto 28 e si avvicina al bimbo. Gli dice:

– Ciao.

Quello lo guarda ma non risponde: ha da fare. Sarti torna alla macchina e domanda:

– È tuo figlio?

Golfarini Antilio fa di sí con la testa. Adesso il problema è togliere al bambino la bomboletta spray di vernice nera che sta usando per verniciare la sua automobilina a pedali, senza farlo piangere.

Per il padre, Sarti non si preoccupa: sta piangendo, con la testa fra le mani, ma non si preoccupa. Il pianto dei grandi non gli ha mai fatto impressione.

O ci si è abituato. Non ricorda.

6. Riparliamo un po' di «casa e chiesa»

Raimondi Cesare, ispettore capo, è in perfetta forma: ha gli occhi lucidi per la gioia e parla, parla, senza prendere fiato.

Ogni tanto deve asciugarsi le lacrime che gli si formano ai lati degli occhi e che tendono a scendere sulle sue gote rotonde.

Quando Raimondi Cesare, ispettore capo, è molto felice piange. I giornalisti prendono nota di tutto: Gianni «Lucciola» Deoni registra, ma non sembra soddisfatto. Io lo conosco.

– ... e cosí, a sole quarantotto ore dal delitto, posso dirvi che siamo già arrivati alla soluzione del caso: i miei uomini hanno lavorato bene, secondo le istruzioni che io, è vero, come si dice, avevo loro impartito. Soprattutto uno di loro ha scrupolosamente osservato gli ordini ed è arrivato immediatamente alla conclusione e all'arresto del presunto colpevole. Questo dimostra che, è vero, come si dice, dove c'è disciplina, lí c'è efficienza, dinamismo, coordinazione...

E va avanti cosí per tre quarti d'ora, ma non una sola volta che gli esca il nome di Sarti Antonio, sergente.

Gianni «Lucciola» Deoni, quando l'orazione è finita, aspetta Sarti sul portone della questura. Gli dice:

– Ti offro il caffè.

E si avviano al bar. Lucciola continua:

– Potevi avvertirmi: ti ho sempre aiutato. Potevi telefonarmi e dire: l'ho preso! Cosí nell'articolo ci avrei messo anche il tuo nome. Adesso scrivo quello che ha detto «lui». Ma lo scriveranno anche gli altri e di te non parlerà nessuno. Il direttore mi avrebbe... Mi avrebbe... Be', mi aspettavo un trattamento da amico.

Parla e non sta fermo un attimo.

Poteva essere una buona occasione per «Lucciola» e il suo direttore lo avrebbe... lo avrebbe...

Insomma, poteva essere una buona occasione per «Lucciola».

Ma è chiaro come il sole che Sarti Antonio, sergente, non ci ha pensato. Perché Sarti è uno che se può farvi un favore, lo fa. Agli amici non nega niente. E «Lucciola» è proprio un amico. Si ignora il motivo, ma Sarti lo considera un amico.

Io credo che sia perché gli somiglia un po': mai che venga fuori alla luce, proprio come Sarti. Mai che abbia il coraggio di osare un articolo sul tavolo del direttore senza il patema d'animo e senza il pensiero di vederselo massacrato... Ma è un buon ragazzo: solo, ha paura; non è mai sicuro di quello che fa.

Dopo il caffè, dice a Sarti:

– Ho fatto un po' di ricerche sul morto. Giacinto Gessi.

– Ah sí? «Casa e chiesa»...

– Naturalmente il direttore non sa niente...

– Naturalmente! Poi mi spiegherai perché il direttore non deve saper niente...

Gianni «Lucciola» Deoni non sa spiegarlo. Dice:

– Non so se è d'accordo. Tutto qui!

– Allora?

– Su di lui so tutto e non riesco a capire cosa ci facesse alle due di notte nel posto dove lo hai trovato morto. Puoi dirmi qualcosa tu?

Sarti non si è mai chiesto niente del genere, per cui non fa che stringersi nelle spalle e raccogliere col cucchiaino i residui di zucchero scuro, nella tazzina del caffè.

– Allora ascoltami e dimmi se ti pare logico...

Sarti comincia a perdere la calma:

– Nel mio mestiere schifoso, non c'è niente di logico! Ti pare logico che mi mandino di notte a far la guardia a un muro? Ti pare logico che un tale ci si metta a scrivere sopra solo per fare dispetto a me? A un questurino? Ti pare logico che io trovi chi è stato e quello, «lui», parli di ordini osservati e di disposizioni impartite? Ti pare logico che non mi si dica neppure crepa?

Ma Gianni «Lucciola» Deoni ha da dire e dice senza stare ad ascoltarlo:

– Giacinto Gessi, contadino, ventisei anni...

– ... tutto casa e chiesa...

– Tutto casa e chiesa, sí! Infatti va a messa tutte le domeniche...

– ... andava...

– ... andava a messa tutte le domeniche e si confessava pure. E poi c'è un altro fatto: quasi tutte le sere andava a letto dopo Carosello. O, al massimo, appena terminava il primo spettacolo. C'è un sacco di gente che è disposta a giurarlo. Aveva anche alcuni amici, due o tre, e quando usciva, usciva con loro. Poi, improvvisamente, non si sa bene perché, questo tipo, una sera, una notte, decide di andare a spasso da solo e si fa trovare nei pressi di un monumento proprio quando un tale sta scappando, dopo averci fatto sopra delle scritte. Alle due di notte...

Sarti non lo lascia finire. Dice:

– Tutte belle chiacchiere! Poteva tornare a casa dopo essere stato a morosa. Non mi dirai che anche dalla sua ragazza andava con gli amici –. Adesso è Gianni «Lucciola» Deoni che l'interrompe:

– Non l'aveva! Non risulta che avesse donne! Alle dieci di sera andava a letto e si alzava alle cinque del mattino. Lo dicono tutti. Quella sera è andato a letto alle dieci, dopo aver guardato la televisione assieme al prete. In casa dal prete. Nessuno l'ha piú visto o sentito uscire...

– Perché non lo dici nel tuo articolo?

Esce: sale sulla sua ottoecinquanta e avvia il motore. Gianni «Lucciola» Deoni gli chiede un passaggio fino al giornale.

Nessuno apre piú bocca. Solo quando sono fermi nel piazzale della redazione, Sarti Antonio, sergente, ripete:

– Perché non lo dici nel tuo articolo?

– Non so se il direttore è d'accordo... Si tratta di parlar male di voi, della questura e lui non ci tiene molto...

– Allora vallo a raccontare a Raimondi Cesare, ispettore capo.

– Credi che possa interessargli?

Come ho già detto parecchie volte l'umorismo di Sarti Antonio non è capito: solo io e pochi intimi abbiamo questo privilegio.

Il sergente se ne va bestemmiando mentre Gianni «Lucciola» Deoni gli urla dietro:

– Pensi che potrebbe interessare all'ispettore la mia storia?

Sarti gli fa un gesto con la mano tesa fuori dal finestrino dell'ottoecinquanta.

Ha sonno. Aveva sonno! Adesso la storia di Raimondi Cesare, ispettore capo e di Gianni «Lucciola» Deoni gli ha fatto passare tutto.

Si butta sul letto lo stesso, vestito com'è. Gli viene in mente il buon caffè che gli preparava la biondina...

A quest'ora non è certo sui viali, la biondina...

– Adesso dormo: sono più di venti ore che non chiudo occhio. Adesso dormo e poi vedrò!

Ma è destino che non debba dormire, almeno per ora, perché il telefono suona (gli sembra) proprio dentro la sua testa. Risponde:

– Pronto!

È Raimondi Cesare, ispettore capo:

– Caro, carissimo Sarti. Te ne sei andato via prima dei giornalisti, e non mi hai lasciato il tempo, è vero, come si dice, di scambiare due parole con te e di congratularmi...

– Avevo sonno. Ho ancora sonno!

Ma quello non capisce la finezza:

– Lo sai? È iscritto! Sono proprio curioso di vedere cosa diranno domani certi giornali. Io sono del parere che sia tutta una montatura per incolpare gli altri... e far fare a noi una brutta figura. Ma noi, è vero, come si dice, noi non dormiamo...

Gli sembra un'ottima battuta e allora si mette a ridere da solo, come un povero matto. Continua:

– Scusa, sai, ma mi è venuta cosí, soprappensiero. Noi non dormiamo! E invece tu dormivi proprio...

Continua a ridere che non gli riesce più di parlare. Sarti dice:

– Torno a letto: buona notte!

Attacca e torna sul letto, ma non fa a tempo a rilassarsi che il telefono ricomincia; questa volta è Gianni «Lucciola» Deoni. Che gli dice:

– Io penso proprio che dovresti andare a fondo in questa storia. Ne ho discusso con il direttore e dice che un poliziotto intelligente dovrebbe... Insomma, anche a lui pare impossibile che Giacinto Gessi si trovasse fuori alle due di notte. Tu dovresti parlare con il prete di Pieve del Pino, con l'ispettore capo Raimondi Cesare, con...

– Con sant'Antonio!

– Il prete me lo ha detto chiaramente: «Cintino» (lo chiamavano tutti cosí) «Cintino è andato a letto alle dieci, l'altra sera. Ne sono sicuro perché ha guardato la televisione in casa mia e poi mi ha detto buona notte, vado a letto».

– Ascolta, Lucciola...

– Non mi chiamo «Lucciola»!

– ... io ne ho abbastanza di tutta la storia! Ho fatto quanto potevo e ritenevo giusto! Adesso, se c'è dell'altro, la polizia lo scoprirà. Buona notte!

Quello insiste:

– Ma può essere che il cadavere non sia di Giacinto Gessi. Pensa che colpo: e io ti ho messo sulla strada. Hai visto com'era ridotto, no? Irriconoscibile! Io ti ho messo sulla strada. Sarò un amico?

Sarti Antonio, sergente, comincia a sentire i primi sintomi della colite.

– Lucciola!

– E non chiamarmi «Lucciola»!

– Ho sonno!

Getta il microfono sulla forcella, bestemmia e scende in garage, con una coperta sotto il braccio. Bestemmia anche quando incontra la signora del piano di sopra che va alla spesa.

Appena seduto sull'ottoecinquanta, Sarti si addormenta. Di colpo. In casa sua, il telefono continua a suonare.

7. Un giorno in un fosso…

Avete mai assistito? Se no, vi consiglio di farlo appena potete: non credo vi mancheranno le occasioni, con i tempi che corrono. Io ho assistito a un'inaugurazione una sola volta: quella al monumento di Sarti. Non al monumento di Sarti per dire dedicato a Sarti, per dire che Sarti se n'è occupato.

Un'inaugurazione (non lo sapevo) è una cosa seria!

Si presenta un tale, di solito piccolo e grassottello, con una sciarpa arrotolata attorno ai fianchi; c'è gente un po' dappertutto, seria; alcuni hanno il cappello in testa e altri lo tengono in mano. Le signore, tutte piccole e grassottelle, possono avere i fiori nella sinistra e la borsetta nella destra, oppure la borsetta nella sinistra e i fiori nella destra.

Tutti si salutano con un ampio cenno del capo o, al piú, con un cenno della mano: nessuno dice «ciao, come mai sei qui?» Oppure: «Buongiorno, come sta?»

Un cenno del capo e una stretta di mano. Serietà e dignitosa, deferente, attiva presenza.

Poi uno, che nessuno tranne i familiari conosce, si mette in piedi sul palco e presenta quello con la sciarpa che tutti conoscono già perché può essere il sindaco, il prefetto, il ministro, il re, o, a volte, un presentatore della Tv.

Non si deve assolutamente dimenticare il prete. Può essere che, a volte, ci sia un vescovo o un papa, per le benedizioni del caso. Al monumento di Sarti c'è il prete che abbiamo già visto. Butta acqua da tutte le parti e nel discorso che anche lui tiene, dice di essere lieto della possibilità offertagli, perché dei cinquantatre caduti, ben quaranta erano suoi parrocchiani e lui li conosceva molto bene. E anche lui, insieme a loro, aveva sopportato e condiviso le pene della guerra, i disagi della fame e tutte quelle cose lí...

Si va avanti per un bel po' e dopo ognuno se ne torna a casa a bere un'aranciata.

Piú o meno...

Ma Sarti Antonio, sergente, non torna a casa: aspetta che gli altri se ne vadano e si avvicina a Rosas. Gli dice:

– Pensavo che queste cose non t'interessassero...

– Tutti abbiamo dei difetti...

– Mi dispiace per il tuo compagno di partito che ho dovuto arrestare.

– Non sono iscritto a nessun partito, lo sai bene, sergente.

– Fra l'altro, sei stato proprio tu a darmi il via...

– Giusto!

Sarti ha altre cose da domandargli, ma non sa come cominciare. S'informa.

– Torni giú? – Rosas scuote il capo.

– Resti qui? – Rosas scuote il capo.

– Cosa fai, si può sapere?

– Vado in paese: ho certe cose da sbrigare.

– Se vuoi un passaggio... – E si avvia all'ottoecinquanta. Ma non parte. Parte invece Rosas e va verso Pieve del Pino. Sarti lo segue con la macchina per un po', poi lo raggiunge e gli dice:

– Sali, ti accompagno –. Quando Rosas è seduto, lui ricomincia:

– Cosa ne dici? È possibile che sia stato «calzini rossi»?

Rosas non gli risponde.

– Eppure, tutto sembra cosí chiaro: scrive, scap-
pa, incontra Giacinto Gessi, che lo conosce, lo am-
mazza per non avere testimoni... Tutto sembra cosí chiaro!

– Già: tutto sembra chiaro. Però c'è qualcosa
che non ti convince. È cosí?

– Sono convintissimo, se no, non lo avrei arrestato! Solo, volevo il tuo parere.

– Ah! – Sarti Antonio, sergente, gli chiede:

– Cosa vuol dire «ah»?

– Un giorno, in un fosso, pascolava un elefante
rosso. Passa un cacciatore e non lo vede. I suoi
amici gli chiedono: «Hai visto un elefante rosso
pascolare nel fosso?» Lui dice: «No! Ci sono molte fragole sul bordo del fosso e può essermi sfug-
gito l'elefante rosso che pascolava».

– È proprio una bella favola: dovrò ricordarla
per quando avrò dei nipotini. Va a farti fottere!

Nessuno dei due parla piú, fino al paese. Quando scende, Rosas dice:

– Se vieni con me, sergente, andiamo un momento in chiesa...

Sarti spalanca gli occhi:

– In chiesa?

– Sí. A fare due chiacchiere con il prete...

– Tu vai a parlare con il prete? – Rosas fa di sí
con la testa e si avvia. Sarti scende e lo segue, senza neppure chiudere a chiave l'ottoecinquanta.
Non c'è pericolo che gliela rubino. Basta che guar-
dino il numero di targa...

Il prete è in chiesa a pregare. Quando ha finito ed esce, Rosas gli dice:

– Buon giorno –. Poi aspetta. Aspetta anche Sarti e anche il prete. Ma nessuno si decide. Finirà che dovrò dire qualcosa io. E non so proprio cosa.

Sarti fa cenno a Rosas, ma Rosas guarda la chiesa, il campanile, il portale e il resto... Cosí è Sarti che comincia:

– Sono della polizia... – Il prete dice:

– Difatti, mi pare di averla vista, quel giorno. Povero Giacinto, che brutta fine! Questo giovanotto, però, non mi pare che ci fosse...

– Sí, lui non c'era. Ma credo che voglia chiederle qualcosa, padre.

Adesso, se Rosas non parla, credo proprio che Sarti gli lascerà andare una pedata negli stinchi. Non ce n'è bisogno. Rosas dice:

– Mi hanno riferito che Giacinto Gessi si confessava tutte le settimane.

– Eh, sí! Gran bravo figliolo. Proprio una brutta fine. Sembrava quasi che lo sapesse di dover finire cosí. Proprio la sera prima della disgrazia, l'ho trovato qui, in chiesa, inginocchiato a pregare. Gli ho detto: «Su, Cintino, che devo chiudere». Mi ha sorriso e se n'è andato. Trovarlo in chiesa mi è sembrato molto strano perché, tranne la domenica mattina, non ce lo avevo mai visto...

– Le ha mai confessato di avere una ragazza?

Il prete è a disagio. Sarti anche, ma non interviene. Non dice neppure che Rosas non è della polizia.

– Per la verità non dovrei dire cose che mi sono state rivelate in confessione...

– Voglio sapere solo se aveva delle donne.

Nient'altro! Non mi pare un segreto da confessionale –. Il prete si è un po' tranquillizzato:

– Direi proprio che non avesse una ragazza. Lo si saprebbe in paese. E lo saprei anch'io. Povero ragazzo!

Rosas continua l'esame del campanile. Dice, fra sé:

– Aveva ventisei anni! – Lo dice come per far intendere: «qualche disturbo al basso ventre avrebbe pur dovuto averlo». Il reverendo capisce e Sarti anche. Il pretone si gratta la testa. Brontola:

– Forse, qualche scappatella in città... Alla sua età, è difficile non cadere in certe tentazioni.

– Forse? – Adesso che sa di cosa parlare, può intervenire anche Sarti Antonio, sergente. Dice:

– Se sa qualcosa, padre, ha il dovere di rivelarcelo. Non credo che il segreto della confessione... Insomma, si tratta di aiutarci ad arrestare l'assassino.

Il prete spalanca gli occhi:

– Ma non lo avete già arrestato?

Adesso, cosa gli racconta?

– Ecco, sí, per la verità. Solo che ci servono certe prove... Insomma, dobbiamo sapere se Giacinto Gessi aveva delle relazioni. Tutto qui.

– Venite dentro.

Li precede in chiesa. Il prete si fa il segno della croce, come pure Sarti Antonio, sergente. Il pretone chiude la porta con la chiave e si siede su una panchina. Comincia:

– Il povero Giacinto... Ecco, aveva... Cioè, andava qualche volta in città. Un paio di volte al mese, a quanto mi diceva. Ma non so dove. Questo proprio non lo so. Povero Giacinto –. Rosas crede di saperlo perché dice, sottovoce che non so se il prete ha sentito o no:

– Andava in qualche casino. Dove altro, se no?

Di sicuro Sarti ha sentito, perché ripete, forte:

– Un paio di volte al mese, padre? – Il padre fa di sí con la testa. Rosas parla ancora, sottovoce:

– Si potrebbe dare un'occhiata alle sue cose? Alla sua camera, insomma?

Il prete è confuso. Vedere un bestione come quello confondersi fa un po' impressione. Si capisce che non è abituato a certi discorsi. Dice:

– Aspettate qui –. E se ne va. Sarti scoppia:

– Lo sai che ci vuole un mandato? Lo sai che se qualcuno viene a sapere che ti sei spacciato per agente di polizia ti cacciano dentro? – Rosas adesso sta osservando i quadri. Dice:

– Io non mi sono spacciato per agente: io non ho detto niente di simile.

– Ma lui lo crede. Lui pensa che tu sia un agente, come me! – Rosas scuote il capo:

– Che errore! Che grosso errore, mio Dio!

– Ma va...

– Ssst! Siamo in chiesa, sergente! – Torna il pretone. Dice:

– Ecco: i genitori mi hanno dato la chiave. Dicono che non è piú entrato nessuno in quella camera, neppure loro e si raccomandano...

È una cameretta proprio sotto i tetti: il coperto in legno cala fino al pavimento e, fra legno e legno, filtra qualche raggio di sole. D'inverno dev'essere uno spettacolo, qui dentro!

C'è un letto, un armadio scassato e una sedia. Sotto la sedia, un paio di scarpe sporche di terra scura, già secca. Rosas le prende in mano e le osserva per bene.

In un angolo c'è una cassa con sopra delle cartoline. Sarti è occupato con queste, le guarda, una per volta e legge le firme, dietro.

Rosas apre l'armadio: qualche abito (due), un cappotto coperto con vecchi giornali e un altro paio di scarpe a punta, molto lucide. Quelle della festa, o quelle per andare in città, chissà in quale casa d'appuntamento. Sarti mostra a Rosas la firma su una cartolina con un panorama di Venezia:

– Guarda! Porta la data del mese scorso ed è l'ultima. Dice: «Un bacione al mio Cinto bello. Clara». È l'unica con la firma di una donna.

Rosas incassa la testa: non ha niente da dire. Si mette a fischiare e ricomincia a frugare attorno.

Sulla porta, il prete li guarda, sembra confuso e preoccupato. È come se aspettasse che, da un momento all'altro, saltasse fuori dall'armadio o dalle tasche di un abito una scatola di preservativi. Ma non succede e quando Sarti dice: – Possiamo andare, – tira un sospirone.

Rosas rimette le scarpe infangate sotto la sedia ed esce.

Nel ritorno, Sarti ha di che pensare e cosí pure Rosas. Sarti vorrebbe già essere a casa, nel suo bagno: è lí che riesce a pensare veramente bene. È lí che, qualche volta, gli vengono delle buone idee. Qualche volta… E poi è abituato a pensare a voce alta. E lo fa:

– Posso sbagliarmi, ma Clara… Clara… Mi sa tanto che sia una certa Clara di Via Solferino 10. Una che affitta alle troie… La cartolina non è stata spedita: gliel'ha data a mano. Se no, in paese avrebbero saputo…

Non ha timbro postale e non ha francobollo: è l'unica con la firma di una donna…

Rosas lo ascolta, ma continua a fischiare; sospende solo un attimo per dire:

– Hai visto quelle scarpe infangate?

Sarti annuisce e bestemmia perché un tale con una Honda da chissà quanti cicí, lo supera e gli si mette davanti al cofano per non essere investito dalle auto che arrivano in senso opposto. Lui gli suona, ma quello gli fa un gesto con la mano, senza neanche voltarsi. Agita il pugno chiuso dall'alto in basso, poi un dito di gas e nessuno lo vede piú.

Dice Sarti:

– Sono quelle che aveva addosso quando l'ho trovato nel fosso…

– Lo hanno seppellito scalzo?

– Il padre gli ha messo un paio di scarpe nuove, comprate in città. Lo stesso che ha fatto con l'abito.

– Chissà perché le hanno conservate? E l'abito, dov'è finito?

– L'abito era insanguinato e stracciato. Lo hanno bruciato.

Rosas riprende a fischiettare le sue arie che non si capisce bene dove le vada a trovare.

8. E poi c'è il lavoro di piazza!

Sull'auto 28 non è che il lavoro sia eccessivo: a volte si può anche dormire. L'importante è che resti sveglio Felice Cantoni, agente e che la radio sia costantemente in posizione d'ascolto...

Subito dopo il pranzo ci starebbe un buon caffè, ma non del bar: di quelli che si fa Sarti Antonio, sergente.

Pranzato proprio, non so... Dice Sarti:

– Cosa c'era in tavola da te, oggi?

Felice Cantoni, agente, deve pensarci un po' prima di rispondere:

– Dunque: tagliatelle al ragú, una braciola di maiale ai ferri, piselli al pomodoro...

– È quello che ci vuole per la tua ulcera. Poi lamentati che soffri!

– Non ho detto che ho mangiato. Mi hai chiesto cosa c'era in tavola. Mio figlio, mia moglie e mia suocera hanno mangiato tagliatelle al ragú, una braciola ai ferri, piselli...

– Io ho la colite...

– Lo so!

– Fammi finire: io ho la colite e il mangiare che mi passa la cucina della polizia è l'ideale per soffrire ancora di piú. Senti un po': minestrone di verdura, una bistecca al sugo e verdura cotta. Per frutta, pere cotte al forno.

– E tu non andare: mangia a casa tua.

– Non ho tempo per preparare. Adesso vorrei un buon caffè.

Dopo un po' di silenzio, Felice mugugna:

– Io, invece, ho mangiato una tazza di latte, un formaggino e delle patate lesse schiacciate, con un po' di sale...

– Buono! Meglio la cucina della polizia. Passa da Filicori: voglio un buon caffè.

Felice Cantoni inverte la marcia, senza segnalare; un tale bestemmia. Poi la radio comincia a sacramentare:

– Auto sedici... auto sedici... Auto trentotto, auto trentotto...

Sarti tiene gli occhi fissi sulla radio e aspetta. Sa che, prima o poi, arriva anche la sua. Allora, addio al caffè da Filicori! Infatti:

– Auto ventotto... auto ventotto... Dirigersi immediatamente verso via Quattro Novembre. Un folto gruppo di studenti, provenienti dalla zona universitaria, ha inscenato una dimostrazione non autorizzata. Bloccare via Quattro Novembre, prima che gli studenti arrivino davanti alla prefettura dove sembra siano diretti... Auto ventotto...

Felice Cantoni inverte di nuovo la marcia, stavolta con segnalazione visiva, innesta la sirena e ci dà dentro come un matto.

Ecco: sono i suoi istanti di felicità! Sentire le gomme cigolare! L'urlo della sirena lo affascina! Tiene le mani strette intorno al volante, è piegato in avanti, gli occhi sull'asfalto e un sorriso beato sulle labbra.

Sono anche i momenti nei quali Sarti Antonio, sergente, ha gli attacchi di colite piú dolorosi. Si morde le labbra. Dice:

– Piú piano, Cristo! Piú piano!

Si attacca alla maniglia della portiera come alla poltrona del dentista. Ma Felice Cantoni, agente, è in orbita.

Intanto la radio continua la sua sequela di ordini a distanza.

Arrivano in via Quattro Novembre e la trovano già bloccata da altre auto della polizia. Scendono. Sarti urla:

– Fuori lo sfollagente!

Felice Cantoni, agente, si inchioda. Sbarra gli occhi e fissa il sergente. Dice:

– Non c'è! Né il mio, né il tuo!

– Come non c'è?

– Non ci sono gli sfollagente!

Sarti fa il giro dell'auto e gli va di fianco. All'inizio di via Quattro Novembre il casino si fa sentire:

– Liberate Grossi! Liberate Grossi! Liberate Grossi!

Sarti prende Felice per la giacca:

– Cosa vuol dire che non ci sono?

– Vuol dire che li ho restituiti all'economato per la sostituzione e dovevo poi passare a ritirare quelli nuovi, piú lunghi…

Ha ancora gli occhi sbarrati. Adesso li ha sbarrati anche Sarti. Mormora, sottovoce:

– Allora?

Felice si fa triste:

– Andiamo cosí? Senza niente? – Sarti, sempre sottovoce, continua:

– Prendi fuori gli elmetti! – Ma Felice Cantoni, agente, non si scuote. Anche lui sottovoce, dice:

– Non ci sono!

Sarti ne ha abbastanza: si siede sul predellino

dell'auto ventotto, con lo sportello aperto e guarda gli agenti, in fondo alla strada. Li vede di schiena che si agitano: alzano il bastone di gomma (quello che lui ha in economato)...

Qualcosa vola in aria e ricade: sassi o chissà che altro. Felice Cantoni spiega:

– Stavano arrugginendo e ho approfittato per chiedere il cambio anche di quelli, all'economato... Non potevo sapere che proprio oggi...

Sarti Antonio, sergente, annuisce.

Intanto gli agenti sono spinti indietro dagli studenti. Verso la prefettura e verso l'auto ventotto, dove c'è un agente (distrutto) in piedi e un sergente (disfatto) seduto sul predellino. Tutti e tre inutili: l'auto, l'agente e il sergente.

– Liberate Grossi! Liberate Grossi! Liberate Grossi!

Qualche ciottolo, strappato dalla strada, arriva già vicino ai due di rimbalzo. Ormai il casino è a due metri: Sarti sente benissimo l'ansimare dei suoi colleghi, troppo grassi per quel lavoro di piazza e chiamati in extremis a una azione che non è la loro. Qui ci vogliono i giovani di vent'anni: non quelli delle auto! Vuol dire che i giovani saranno stati impegnati altrove.

E cosí i dimostranti sono arrivati quasi in prefettura.

Il coperchio di ghisa d'una botola stradale, lanciato chissà da chi, rotola fino ai piedi di Felice Cantoni, agente.

Adesso che lo smarrimento ha fatto posto alla collera e ai morsi dell'ulcera, Felice vorrebbe calciarlo, quel coperchio: ma poi ci ripensa e lo raccoglie. Con un bel lancio lo rimanda ai dimostranti:

– Vi scoppiasse la testa! – Ma non succede: infatti, sia Sarti che Felice, sentono il rumore del coperchio che cade sui cubetti rossi del selciato, fra le gambe degli studenti.

Il rumore successivo che fa lo stesso coperchio, è quando ritorna verso i due, sempre lanciato da chissà chi. Solo che questa volta il rumore è piú sordo, come se avesse colpito una testa senza elmetto: la testa di Felice Cantoni, agente. Il quale dice soltanto:

– Oddio!

E si lascia scivolare lungo la fiancata dell'auto ventotto. Quando passa col viso all'altezza del viso di Sarti Antonio, sergente, lo guarda, disperato. Dice ancora:

– Oddio!

E nient'altro, fino al Maggiore, terzo piano, camera 104.

È proprio lí che li raggiunge Raimondi Cesare, ispettore capo.

– L'elmetto, è vero, come si dice, serve a proteggere il capo da colpi comunque provenienti! E i vostri elmetti, sergente Sarti Antonio? Non dovete tenerli chiusi in auto, durante le dimostrazioni, ma in testa!

Sarti Antonio aspetta che un morso doloroso gli passi e risponde:

– Per la verità, non erano neppure in auto…

– No? E dov'erano, se è lecito, è vero, come si dice? Dov'erano?

– Credo che fossero in economato per la sostituzione…

– Ma bene! E voi due andate a disperdere una dimostrazione sediziosa, è vero, come si dice, con gli elmetti in economato.

Sarti Antonio, sergente, non ha piú nulla da dire. Si siede e aspetta. Guarda la testa di Felice Cantoni, fasciata e grossa come un pallone da pallacanestro. Si vedono gli occhi, ancora chiusi, e la fessura della bocca. «Lui» dice ancora:

– Lei, sergente, ha bisogno di molto riposo. Si faccia vedere dal suo medico e si metta in mutua... Vada a curarsi la colite in montagna... E ci resti! Ci resti almeno fino a quando questo disgraziato che, è vero, come si dice, è affidato al suo buonsenso, non si sarà rimesso e non sarà in grado di portare di nuovo l'auto ventotto...

Sarti si alza e va fuori: non può proprio starlo a sentire quando gli parla con il «lei».

Dal letto di dolore arriva un flebile «oddio». Il terzo della giornata.

Nel corridoio c'è Gianni «Lucciola» Deoni che guarda Sarti con occhi da cane bastonato. Gli chiede:

– Come stai?

– Non sono io il ferito...

– Lo so. Dicevo come stai dopo che hai parlato con «lui»?

Sarti si avvia verso l'ascensore. Dice:

– Ho un attacco di colite: portami a casa per favore!

Gianni «Lucciola» Deoni si guarda attorno timoroso:

– Per la verità io dovrei restare qui e sentire cosa dice l'ispettore capo... Il direttore mi ha detto...

Sarti Antonio, sergente, alza la voce:

– Portami a casa, per favore, Cristo! Sto male! – Gianni «Lucciola» Deoni non insiste e lo deposita, pallido come un morto, davanti alla porta del gabinetto di casa sua.

Quando ne esce, Sarti sta un po' meglio; è piú vivo in volto. Chiede:

– Vuoi un caffè? – e lo prepara senza aspettare risposta. Lo bevono seduti in poltrona; Sarti Antonio, sergente, sospira a lungo e forte.

– Cristo, che giornata! Ci voleva, questo buon caffè –. E se lo coccola tutto, nella tazzina.

Gianni «Lucciola» Deoni finisce il suo e aspetta che anche il sergente finisca. Poi gli dice:

– Sai? Hanno trovato un altro morto a Pieve del Pino. Con la testa sfasciata: proprio come Giacinto Gessi...

Sarti Antonio lo guarda negli occhi e si versa un altro po' di caffè: tutto quello che è rimasto nella macchinetta. Dice:

– E a me?

– Pensavo che ti potesse interessare.

Sarti scuote il capo e dichiara:

– No! Non mi interessa proprio.

– Be', non può essere stato Golfarini Antilio, questa volta, dato che è ancora dentro.

Vita da papa: e tutto con un semplice certificato medico. Sopra c'è scritto: «...è affetto da attacco di colite acuta. Necessita di giorni quindici di riposo s.c. Può uscire».

Quell'«esseci» sta per «salvo complicazioni» e vuol dire che dopo, dopo i quindici giorni di necessità, magari ce ne possono essere altri quindici e cosí via...

Per adesso Sarti Antonio, sergente, si alza dal letto alle nove; un buon caffè fatto in casa e il giornale da leggere in terrazza. Cosa volete di piú dalla vita?

Se non ci fossero gli articoli di cronaca nera di Gianni «Lucciola» Deoni che gli ricordano quel suo sporco mestiere...

A proposito: io mi sono messo dietro a Gianni «Lucciola» Deoni e quello, figurati, se non mi porta dal direttore.

E qui, giú tutta una storia per fargli capire che si possono scoprire chissà quali cose se si ha la pazienza di stare dietro al secondo delitto di Pieve del Pino.

Gianni «Lucciola» Deoni diventa pallido quando si tratta di andare dal direttore. Quando poi ci parla, è giallo. Diventa rosso quando quello, il direttore, gli dice che faccia pure ciò che vuole, tanto lui, Gianni «Lucciola» Deoni, non riuscirà mai a combinare niente di buono.

Tutte le volte è la stessa storia e Gianni «Lucciola» Deoni, tutte le volte, riesce a combinare qualcosa!

Ma non ha ancora capito che il direttore lo mena per il naso e ci si diverte.

Una volta o l'altra dovrò dirglielo io, ma non mi crederà. Mi risponderà che il direttore lo odia.

Dicevo che, per prima cosa, mi porta dal direttore e per seconda, da Sarti Antonio, sergente in malattia. Il quale se ne sta sdraiato sul letto con il giornale sullo stomaco.

Dice «Lucciola»: – Hai letto?

Sarti Antonio fa sí col capo. Quello continua:

– Mi aiuti?

Sarti Antonio fa no col capo e questa volta dice:

– Ci vorrebbe uno che aiutasse me…

– Ma tu sei del mestiere…

– Mestiere di merda! – Riprende a leggere il giornale. «Lucciola» guarda cos'è che lo interessa. Dice:

– Leggi a voce alta –. Sarti legge:

«… il corpo del giovane Mandini Gaetano è stato trovato raggomitolato in un fosso di scolo col capo fracassato, tanto da essere irriconoscibile. L'arma del delitto, un grosso sasso, è stata rinvenuta a poca distanza. Non porta impronte digitali. Nelle tasche del giovane è stato rinvenuto un biglietto che diceva: «per quella cosa che sa lei, venga questa sera alla pioppa. Giacinto Gessi». Il fatto inesplicabile è che anche Giacinto Gessi, come si ricorderà, è stato rinvenuto, giorni or sono, ucciso e orrendamente massacrato.

«La polizia brancola nel buio piú fitto. Forse il

primo cadavere non era quello di Giacinto Gessi, detto Cintino? Il foglio trovato nelle tasche dell'ultima vittima lo farebbe supporre.

«Il piccolo paese di montagna, a pochi chilometri da Bologna, ha perso la pace: alle autorità competenti il compito di riportarla fra questi onesti coloni e brave massaie. Gianni Deoni».

Sarti Antonio guarda l'articolista con aria di compatimento. Dice:

– Questa storia delle autorità competenti, mi pare che cominci a puzzare. Le brave massaie e gli onesti coloni... Quante balle!

– È il direttore che ci tiene.

Silenzio su tutta la linea per chissà quanto tempo. Poi, Gianni «Lucciola» Deoni ripete:

– Aiutami!

– E a me chi mi aiuta? Ma cosa ne so io? Sto qui in casa... Cosa ne so io?

– Io ti ho aiutato in quella storia dell'attentato... – Sarti non lo lascia finire. Gli urla:

– Chi hai aiutato? Figlio di...

– Be', sono venuto con te, in giro. Insomma, ho fatto quello che mi hai chiesto!

Sarti Antonio lo guarda e «Lucciola» sta buono per un po' e poi chiede, timido e sottovoce, per non farsi sentire:

– Tu cosa faresti?

Ma Sarti Antonio lo sente e gli risponde:

– Non lo so! – Poi si mette giú, con la testa sotto le lenzuola.

Dopo un po' domanda:

– Sei ancora lí? Senti perché non provi a parlare con Clara?

– Chi è?

Sarti mette fuori la testa:

– Quella di via Solferino 10. Ha una casa d'appuntamento...

– E cosa le dico?

– Quello che vuoi: chiedile una donna! – Poi gli
viene in mente che «Lucciola» non conosce la storia della cartolina e allora:

– Questa Clara ha scritto una cartolina a Cintino. Al primo cadavere. Ha scritto una cartolina di
saluti a «casa e chiesa» da Venezia e gliel'ha con-
segnata a mano, senza spedirla. Lui dovrebbe essere stato da questa Clara poco tempo fa, secondo
la data che c'è sopra la cartolina. Tu senti da lei se
lo conosceva... Cristo! Vedi tu!

Si rimette sotto le coperte e aspetta che Gianni
«Lucciola» Deoni se ne vada. «Lucciola» se ne va
e io con lui.

Per Gianni «Lucciola» Deoni il problema è: cosa dico a questa Clara, via Solferino 10?

Suona e dice:

– Buon giorno. Vorrei una ragazza...

Quella gli tappa la bocca e lo trascina dentro.
Sbuffa:

– Santo dio, ragazzo, un po' di discrezione, santo dio! – Si chiude la porta dietro e lo guarda in faccia. Clara è una donnetta piccola e rotonda. Ha una
faccia bianca e rossa che sembra una mela. Ma tutto di lei dà invece, l'impressione di un pane di burro, tenero e fresco. Di mestiere fa l'affittacamere alle troie della zona. E nella zona di troie ce ne sono,
per cui «burro» riesce a vivere abbastanza bene.

Dunque, lo guarda in faccia e gli dice:

– Tu sei nuovo! Tu sei nuovo perché io, quando ho visto uno una volta, non me lo scordo piú,
non me lo scordo...

– Sí. Ecco, io sono proprio nuovo...

«Burro» non lo fa finire, se lo trascina dietro fino al salottino.

Il salottino, poi, non è altro che uno sgabuzzino senza finestre, che doveva servire per tenerci le scarpe, le scope e tutte le cose che si usano poco e che non si sa mai dove mettere.

Adesso c'è una tenda, due poltrone e un tavolino: non ci sta altro.

«Lucciola» può sedersi, gli altri devono stare fuori. Clara chiede subito:

– Come la vuoi? Hai delle preferenze? Hai dei gusti particolari?

Ecco che Gianni «Lucciola» Deoni è nei guai. Non è il tipo che vada a puttane: al piú, ci fa sopra dei servizi di cronaca...

Adesso, però, deve decidere. E decide cosí:

– Sa... io vorrei parlare un po' con lei, prima...

Clara «burro» si mette a ridere:

– Sei un timido! Ho capito tutto, sei un timido! E dammi del tu! Clara non è una sofisticata: dammi del tu!

Ripete sempre le cose due volte: vuole che si capisca bene quello che ha da dire.

Gianni «Lucciola» Deoni si stende meglio nella poltrona, per darsi un contegno. Annuncia:

– Io sono un giornalista...

– Cosa vuol dire? Anche i giornalisti possono essere timidi! Tu sei un giornalista timido. Ho quello che ci vuole per te: è un bocconcino di zucchero. Carina, affettuosa, morbida come il pelo di un gatto...

Gianni «Lucciola» Deoni non fa a tempo ad aggiungere altro che «burro» è già al telefono:

– Pronto? Sei tu, cara? Senti, avrei un po' di lavoro da consegnarti: puoi fare un salto qui?

Poi abbassa la voce e non si sente altro. Gianni «Lucciola» Deoni è già in piedi, deciso ad andarsene. Non fa a tempo.

– Fra tre minuti è qui! Vedrai che sarai soddisfatto: fra tre minuti è qui. Morbida come il pelo di un gatto…

«Lucciola» ha gli occhi sbarrati. Non riesce a vedere una via d'uscita. Anche le gambe gli si fanno tenere e deve sedersi di nuovo in quel salottino-sgombero di mezzo metro per mezzo metro.

Intanto Clara «burro» è sparita per un po' e quando torna, regge, su un vassoio, un bicchiere con un liquido chiaro che non assomiglia a niente di ciò che Gianni «Lucciola» Deoni è abituato a bere.

E neppure nel sapore assomiglia a niente che lui ricordi. Ma va giú lo stesso.

Ecco, adesso suonano: due corti e uno lungo.

Gianni «Lucciola» Deoni potrebbe svenire anche subito, se solo ne avesse la possibilità.

Invece, decide che da domani cercherà un altro lavoro: magari in banca o in Comune.

Pensa già a chi rivolgersi per una raccomandazione.

Quella che entra è una ragazzina che avrà sí e no vent'anni. Morbida e delicata come il pelo di un gatto. Le ridono gli occhietti e tutto il suo viso, biondo come i capelli, profuma di pulito.

È lei che lo prende per mano, sempre con il suo delicato sorriso, e se lo porta in camera.

Lo spoglia che è ancora in piedi. Senza una parola: poi lo forza sul letto, nudo.

E anche lei si spoglia. Delicata, morbida come il pelo di un gatto, gli va a fianco e se lo stringe.

Gianni «Lucciola» Deoni non ci mette molto a

perdersi: sente il respiro della ragazzina, vicino al suo collo, farsi piú rapido.

Qualcuno chiude le finestre: o sono gli occhi di Gianni «Lucciola» Deoni che si chiudono...

Quando li riapre, la biondina è già uscita, in silenzio, senza una parola. Allora anche «Lucciola» si riveste. È vuoto come un sacco vuoto. Nel salottino, Clara ha un altro bicchierino che Gianni scola d'un sorso.

– Contento? Che ti dicevo? Contento?

– Conosceva Giacinto Gessi?

Clara ci resta un po' male. Non le era mai successo che uno, dopo aver fatto l'amore con le sue ragazze, le parlasse di un morto. Però dice:

– Poverino! Certo che lo conoscevo. Poverino! Veniva qui un paio di volte al mese... Poverino! Devi darmi del tu!

Gianni «Lucciola» Deoni ci prova:

– Ti ha mai detto se aveva dei guai... Le ha mai parlato di qualcuno che...

– Che volesse fargli del male? Mai! Un gran bravo ragazzo. Mai!

Non parla piú di questa storia. C'è dell'altro che le interessa. Dice:

– Torna presto, carino. Sono ventimila.

Gianni «Lucciola» Deoni è ancora nei guai. Chiede:

– È lo stesso un assegno? Non pensavo...

Anche che uno la pagasse con un assegno, non le era ancora successo. Clara ride:

– Va bene! Torna presto, carino. Ci conto.

Gli chiude la porta dietro. E adesso?

Adesso suona di nuovo:

– Sí, carino?

– Conosci Mandini Gaetano, di venti anni? – Clara ci pensa un po'. Scuote la testa:

– No! Non mi pare proprio. No!

– Magari veniva qui con Giacinto Gessi...

– Uno di vent'anni? Non è mai venuto. Lo ricorderei. Quando ho visto o sentito il nome di uno una volta, non lo scordo piú. Come per te. Io non mi scordo piú di te. Sta pur sicuro. Sta pur sicuro.

Richiude la porta. E adesso?

Adesso bisognerà tornare da Sarti Antonio, sergente, e raccontargli tutto. Chissà che non abbia qualche idea migliore di quella di mandarlo in un casino...

Ma «Lucciola» non ci va. Non ci va perché, appena fuori da quel numero 10 di Via Solferino, piomba nella crisi piú profonda della sua carriera. È successo a tutti. Anche a voi, la prima volta che siete stati a puttane, ci gioco un mese di stipendio! E se dite che a voi non è successo, siete degli ipocriti.

Ma poi, passa.

A «Lucciola» passa dopo tre giorni: tre giorni d'inferno nei quali ha anche seriamente pensato al suicidio.

Poi è Sarti Antonio, sergente, che gli telefona al giornale. Chiede:

– Sei ancora vivo?

Gianni «Lucciola» Deoni dice sí con la testa, ma Sarti non se ne accorge e s'informa:

– Dove sei?

– Qui!

– Allora? Cosa c'è di nuovo? Ti ha detto qualcosa Clara?

– Mi avevi detto che non t'importava niente...

– E non m'importa niente! Solo che non ti sei piú fatto vedere...

– Vengo a trovarti questa sera, va bene?

Sarti Antonio mugola un «va bene» e scende a prendere l'ottoecinquanta.

Ne ha piene le tasche di starsene a casa a fare il malato «esseci». Ha voglia di prender aria e poiché sul certificato medico sta scritto «può uscire», non vede perché non uscire.

L'aria della collina gli fa bene e si trova (per caso?) a Pieve del Pino, davanti alla canonica. Il prete se ne sta allungato su una panchina, all'ombra di una bella fila di pini che avranno qualche secolo di vita.

– Vita da cani, padre? – Sottovoce, tanto sottovoce che il prete non lo sente.

– Buon dí, figliolo. Solo? Il suo giovane collega non è venuto?

– Eh, no! Quello ha altri casi per le mani, oggi –. Poi il reverendo cambia espressione:

– È una maledizione! Ha sentito di Gaetano? Altro bravo ragazzo, poveretto!

– Lo conosceva?

– In un paesino come questo, ci si conosce tutti. Gran bravo figliolo Gaetano. Sarti vorrebbe dire: «Tutti gran bravi figlioli in questo paese: anche quello che va in giro a rompere teste al prossimo...» Ma si limita a domandare: – Lo ha visto? – Il prete fa sí con il capo.

– È toccato a me identificarlo. Come per il povero Cintino. Eh, caro figliolo, nei paesi, o si chiama il prete o si chiama il dottore. E quando si chiama il prete, non c'è piú speranza.

Il fatto del medico dà un'idea a Sarti Antonio, che però, per il momento, la mette da parte. Il prete continua:

– Come dicevo anche al suo giovane amico, brutto mestiere quello del prete di campagna!

Sarti Antonio non ricorda di averlo mai sentito dire una cosa simile, per cui gli chiede:

– È stato qui il mio giovane amico? Quando?

– Non glielo ha detto? Il giorno dopo che si è trovato il corpo del povero Gaetano. L'ho accompagnato sul posto...

No! pensa Sarti Antonio. Non me lo ha detto quel criminale! E vorrei proprio sapere cosa sta cercando e cosa gli interessa... Ma dice:

– Sí, sí, me lo ha detto... Senta, padre, erano amici quei due? Voglio dire Giacinto Gessi e Mandini Gaetano? Si conoscevano!

– Come ho già detto a quel bravo giovane, come si chiama?

– Rosas, si chiama Rosas quel bravo giovane...

– Ecco, Rosas! Come ho detto a Rosas, un ragazzo molto sveglio e intelligente, anche se a guardarlo in faccia non lo si direbbe, come gli ho detto, i due erano molto amici e andavano spesso insieme...

Sarti Antonio, sergente, ha ormai capito che se c'era qualcosa da scoprire, Rosas l'ha già scoperto e pertanto sarebbe molto meglio andare da lui direttamente e dirgli un paio di cosette...

Per cui taglia corto.

– Buona sera, padre.

Suona alla porta del dottore. Che gli apre personalmente. E chiede:

– Desidera?

Il dottore può avere dai quaranta ai cinquant'anni, non si capisce bene con la barba grigia che si lascia crescere, si direbbe, da poco. Porta gli occhiali d'oro sul naso, in modo da guardare in faccia il prossimo da sopra le lenti.

È alto piú di metro e ottanta ma ha mani sottili e delicate, da dottore: anche perché è proprio un dottore. Sarti Antonio, sergente, dice:

– Mi chiamo Sarti Antonio –. E la pianta lí, perché gli rompe l'anima andare in giro a raccontare che lui è della polizia, sergente della polizia; e poi, magari, è anche costretto a mostrare la tessera... Quello dice:

– Si accomodi –. E lo fa sedere in ambulatorio.

– Allora? Cosa c'è che non va?

– Vorrei chiederle alcune cose su Mandini Gaetano e Giacinto Gessi...

Il dottore sorride:

– È della polizia?

Sarti non può farne a meno e accenna di sí con il capo, mentre continua:

– Erano suoi clienti?

– Sí. Erano miei pazienti, quando si ammalavano. Cioè, di rado. Cosa vuol sapere?

– Com'erano? Intendo, sani...?

– Direi proprio di sí.

– Voglio dire con la testa...

– Mandini Gaetano non ha mai dato segni di squilibrio e cosí pure l'altro, anche se era un po' complessato.

– Complessato come? Il prete mi ha detto... – Il dottore si alza in piedi, un po' scocciato:

– Se lei ha parlato con il prete, avrà già le sue idee: quindi è inutile che stiamo a perdere tempo in due.

E gli apre la porta. Sarti Antonio, sergente, rimane di sasso e non si alza. Cosí l'altro continua:

– Vede, caro signore, io faccio il medico e quello il prete. Io le cose le vedo dal punto di vista scientifico, mentre il prete le vede dal punto di vista religioso. Se il prete le ha imbottito la testa con i suoi sacramenti, è inutile che io stia a dirle che il complesso del quale soffriva il Gessi era da attribuirsi a motivi sessuali. Per me, non andava a donne! Magari per il prete era una specie di uomo dedicato all'astinenza per motivi religiosi. Un uomo di ventisei anni ha bisogno di andare a fottere: sono stato chiaro? Per il prete si trattava di fioretti! E il fatto che sia finito cosí non mi ha stupito per niente. Mi ha stupito invece la fine di Mandini Gaetano. Quello, a vent'anni, si era già fatto tutte le spose del paese... L'unica cosa della quale aveva bisogno era un buon ricostituente...

Sarti Antonio, sergente, ricomincia a ragionare, dopo la tirata del dottore. Chiede:

– E stavano insieme?

– A volte gli estremi si toccano: non mi stupirei se Giacinto Gessi si fosse fatto raccontare dal suo amico piú sveglio le avventure che lui non era in grado di vivere...

Sarti Antonio, sergente, è un vulcano: proprio in forma.

– E non è possibile che qualche marito o fidanzato, abbia deciso di vendicarsi per le corna...

– Questi sono affari che deve scoprire lei, caro signore. Ma, in questo caso, non capisco perché far fuori anche Giacinto Gessi.

– Semplice: perché anche Giacinto Gessi sapeva, poiché glielo aveva raccontato l'amico, che la tale e la tale altra si facevano sbattere. E magari il complessato era anche stato a guardare, mentre l'altro se la faceva... si tratta di sapere con chi.

– I miei auguri, caro signore.

Sarti Antonio, sergente, si alza e fa per andarsene. Arriva in ambulatorio un pezzo di donna che non finisce piú: alta quanto basta, un seno che fa scoppiare la camicetta. Senza reggiseno, c'è da scommettere. Avrà vent'anni. Il dottore dice:

– Mia moglie. Il signore è della polizia.

Il pezzo di donna gli sorride e Sarti sente un brivido alla schiena. Ma ce la fa lo stesso a stringerle la mano. Avrà vent'anni! Un pezzo di donna che quel Mandini Gaetano, il gallo del paese, non può essersi lasciato scappare, se è come gli ha raccontato il dottore. Il dottore dice:

– Auguri per le sue ricerche. Dovrà star qui piú di un mese se vorrà parlare con tutti i mariti o fidanzati interessati. Avrà solo l'imbarazzo della scelta.

Magari comincio da te! Pensa il sergente, e non lo dice. Anche perché quello continua:

– ... ma visto che siete in due a interessarvi del caso, ve la caverete abbastanza presto.

Gli chiude la porta in faccia e Sarti sente, dentro, il dottore che parla sottovoce, con la moglie. Non capisce cosa le dice, ma sente che lei ride. Se ne va bestemmiando:

– Cristo! Anche qui è stato quel figlio di puttana di Rosas. Gliene dico due!

Salta sull'ottoecinquanta e piomba in via Santa Caterina, come un falco sulla preda. Entra nel tugurio di Rosas senza neppure bussare. Urla:

– Figlio di puttana! Potrei farti arrestare, lo sai?

E lo guarda in faccia. È proprio come ha detto il pretone: Rosas sarà sveglio, intelligente e tutto quello che volete, ma a guardarlo in faccia non si direbbe proprio. Cosí Sarti Antonio, sergente, si sgonfia. Rosas gli dice, calmo: – Io non c'ero.

– Dove non c'eri? Ma se me lo ha detto il prete, il dottore...

– Io non ero in via Quattro Novembre quando c'è stato lo scontro con la polizia. Ho i testimoni che non c'ero!

– Me ne sbatto di via Quattro Novembre. Certo che non c'eri: ma so io dov'eri tu!

– Non ero neppure dove sai tu... Non mi sono mosso di qui: ho i testimoni...

– I testimoni dei miei due! Dal prete ci sei stato! E dal dottore di Pieve del Pino!

Rosas gli fa un sorriso che va da qui a qui:

– Sí! Sí! Sono stato colto da una crisi mistica. Succede anche ai piú forti.

– Ma piantala! E dimmi cosa accidenti stai cercando. Si può sapere?

Rosas si toglie gli occhiali per pulirli perché Sarti Antonio, sergente, gli ha sputacchiato sulle lenti. Adesso, per mettere a fuoco, Rosas deve stringere gli occhi che diventano due fessure.

Dice:

– Devo studiare: domani l'altro ho due esami. Sergente, devo studiare.

Sarti Antonio, sergente, si siede.

– Me ne andrò di qui quando mi avrai detto tutto.

Si allunga sulla sedia e aspetta.

– Vuoi un caffè, sergente?

– Sí, ma lo faccio io. Dov'è?

Rosas gli indica dove stanno gli ingredienti e Sarti Antonio si confeziona con cura e amore un buon caffè.

Intanto Rosas gli parla:

– Se sai che sono andato dal prete e dal dottore, sai anche quello che mi hanno detto e cosa sono stato a fare.

– Ma io voglio sapere perché lo fai e perché ti immischi in una storia che non ti riguarda!

– Voglio vedere se riesco a tirare fuori Golfarini Antilio che tu hai arrestato per colpa mia e che con gli omicidi non c'entra per niente.

– Ma è un figlio di buona donna lo stesso! «Calzini rossi» mi ha voluto far fesso e sta bene dentro! Perché è andato a scrivere sul monumento proprio mentre io ero di guardia? Sta bene dentro. E poi?

– E poi basta.

Si bevono in silenzio il buon caffè.

– Dovresti venire piú spesso a fare il caffè, sergente. È il migliore che ho bevuto da due anni in qua.

– Lo so! – Vuota la tazza, senza parlare, perché, il caffè, lo sanno tutti, si beve in silenzio. Dopo ricomincia:

– Allora?

– Cosa ne pensi tu?

Sarti Antonio, sergente, sa che non c'è niente da fare, anche se insistesse per un mese. Dopo un po' decide di cominciare lui:

– Per me è andata cosí: Mandini Gaetano, di anni venti, gallo del paese, ne ha portato a letto una di troppo e cosí un marito o un fidanzato piú caldo degli altri, l'ha fatto fuori. E ha fatto fuori anche Giacinto Gessi «casa e chiesa» che conosceva tutta la storia. Magari «una di troppo» è proprio quel pezzo di donna del dottore... L'hai vista?

Rosas fa sí col capo e lui continua:

– ... che con i suoi vent'anni piú o meno, e quel grigione di marito nel letto, doveva farsi grattare da qualcun altro per poter dormire piú tranquillamente. Con il fisico da pugile che ha il dottore non ci mette molto a spaccare la testa a uno.

Aspetta le reazioni di Rosas che vengono:

– E il biglietto che hanno trovato addosso al «gallo del paese», firmato da Giacinto Gessi quando Giacinto Gessi era già defunto?

– Tutto previsto. Giacinto Gessi ha scritto un biglietto al suo amico per dargli l'appuntamento e per farsi, magari, raccontare un'altra storia di sesso...

Rosas non lo fa finire:

– E gli dava del «lei»? Giacinto Gessi, «casa e chiesa», scrive a un amico d'infanzia e gli dice: «per quello che lei sa, venga...» eccetera, eccetera?

– Previsto anche questo: «casa e chiesa» era un complessato e da un complessato ci si può aspettare di tutto!

Sarti Antonio è contento: i giorni di mutua gli hanno fatto bene. Ragiona come una macchina elettronica. Rosas dice:

– Fai presto tu; solo che Giacinto Gessi, quando gli è venuto in mente di scrivere quel biglietto, era già morto!

Sarti Antonio, sergente, gli ride in faccia:

– Chi lo dice? Chi lo dice? Può benissimo averlo scritto prima di farsi accoppare e l'amico se l'è tenuto in tasca per tutto questo tempo. Magari si era pure dimenticato di averlo.

Rosas non dice piú niente e Sarti Antonio si allunga ancora di piú sulla sedia, felice.

Quando ne parlerà con «lui», con l'ispettore capo, vuole proprio godersi la scena. Dovrà portarsi dietro Gianni «Lucciola» Deoni. In certe occasioni, ci vuole un testimone oculare.

– Cosa ne dici?

Rosas scuote il capo; sembra che proprio non abbia niente da dire:

– Mi piacerebbe sapere cosa hanno scoperto alla medicina legale... Vorrei essere sicuro che il primo cadavere è proprio quello di Giacinto Gessi...

– Si fa presto a saperlo. Ma io ne sono già sicuro!

– Può darsi che abbiano trovato qualche altra cosa dentro quel complessato...

– Per esempio?

– Per esempio: cos'ha mangiato poco prima di morire? Cos'ha bevuto? Come è stato colpito? Davanti o dietro? Può saltar fuori dov'è stato prima che lo accoppassero...

Sarti Antonio, sergente, ha una gran voglia di ridere:

– Sono cose da giallo, ma si può sapere, si può sapere!

Passa un altro bel po' di tempo senza che Rosas abbia piú niente da aggiungere. Sembra che si sia rimesso a studiare. Poi, quando Sarti Antonio si alza per andarsene, gli fa:

– Da chi cominci? – Sarti alza le spalle:

– Non lo so ancora. Anche dal dottore. Ci sarà qualcuno in paese che ne sa di piú sulle corna dei compaesani. C'è solo l'imbarazzo della scelta.

– Comincia dal prete...

– Cornuto anche lui?

– Voglio dire che le donne si confessano! – E Rosas butta di nuovo la testa sui libri.

Sarti se ne va a casa: deve arrivare Gianni «Lucciola» Deoni con la storia di Clara.

11. La storia del «gallo del paese» diventa una
    storia piuttosto pesante

Se non l'avessi sentita con le mie orecchie, non
la crederei.

Sarti Antonio, sergente, si è chiuso in bagno per
due ore a ripensarci.

Ecco, il rapporto all'ispettore capo Raimondi
Cesare, potrebbe cominciare cosí:

«Le indagini sulla morte del giovane Mandini
Gaetano, di anni venti, espletate nel paese di Pieve del Pino, hanno dato i seguenti risultati: diciotto uomini in tutto, fra mariti, fidanzati o
amanti, avrebbero avuto dei motivi per uccidere
il suddetto Mandini Gaetano...»

A questo punto gli occhi di Raimondi Cesare,
ispettore capo, si dovrebbero alzare dal foglio a fis-
sare in viso il compilatore del rapporto.

Chiuso in bagno, Sarti Antonio, sergente, si sta
chiedendo chi glielo fa fare.

Ha un certificato medico che gli permette di
starsene a casa per altri cinque giorni «esseci», invece lui va a impantanarsi in una storia che, al con-
fronto, quella di Casanova fa ridere...

Piú ci pensa e piú gli vengono i nodi al cervello:
un tale di vent'anni si è scopato un intero paese...

Un tale di vent'anni!

Bisognerà dire alla medicina legale di esamina-
re bene il «coso» del gallo, che ne vale la pena...

Comunque le cose stanno cosí, per chi non le sapesse ancora: quattro contadini hanno trovato Mandini Gaetano, di anni venti, nel fienile a giocare con le rispettive mogli. Le loro personali mogli naturalmente. E questo, mentre loro (cioè i mariti) se ne andavano a sudare nel campo o a vendere radicchio al mercato ortofrutticolo.

Tre operai, di quelli che si alzano al mattino verso le quattro per andare a lavorare chissà dove, venivano sostituiti dal Mandini Gaetano, di anni venti, nel calduccio del letto matrimoniale, non appena mettevano piede sul treno per andare a guadagnare onestamente di che mantenere le mogli a casa.

Cinque salariati dell'azienda per la raccolta industriale delle noccioline che servono per fare il cioccolato con le noccioline, baciavano, sulla porta, prima di partire, le mogli e dietro la porta era già pronto il Mandini Gaetano, di anni venti, con le sue noccioline in mano.

Due fidanzati, che non erano ancora riusciti a sfiorare l'orlo delle mutandine delle fidanzate, si erano accorti con rammarico che, partiti loro, arrivava il Mandini, di anni venti, al quale veniva permesso di togliere le succitate mutandine.

Inoltre, il meccanico dei trattori agricoli: mentre se ne stava sotto i trattori medesimi per le opportune riparazioni, sua moglie se ne stava sotto il Mandini Gaetano, di anni venti, per le opportune manipolazioni. La donna si era giustificata dicendo che non sopportava l'odore di nafta che il marito portava addosso...

Ingratitudine femminile! La traditrice non poteva ignorare che proprio grazie a quell'odore di nafta le era permesso di restarsene a casa in sollazzevoli amplessi con il «gallo».

E siamo a quindici.

Il sedicesimo è il dottore (come volevasi dimostrare); il diciassettesimo, il farmacista; il diciot-
tesimo, il maresciallo dei carabinieri (ironia del destino!)

Questi tre, magari, passavano le serate davanti
alle carte e le mogli, davanti, dietro, sotto o sopra
il Mandini Gaetano, di anni venti.

Dove diavolo trovasse il tempo, l'energia e tutto il resto, io non l'ho ancora capito!

Sarti Antonio, sergente, comincia a pensare che
ci voglia una vita per venire a capo di questa storia, oppure un esercito di poliziotti.

Per cui, tira l'acqua e decide di lavarsene le mani. Di lasciare la faccenda a chi di competenza e di
ritornare a fare il mutuato «esseci».

E che ognuno si gratti le corna sue! Tanto piú
che c'è anche Felice Cantoni, agente, da andare a
trovare ogni tanto, al Maggiore, terzo piano, stan-
za 104.

Ma è chiaro, chiaro come il sole, che la strada
per venire fuori da quel letamaio di caso è proprio
quella e solo quella.

Sarti Antonio, sergente, non sa in che direzio-
ne si stia muovendo l'ispettore capo Raimondi Cesare (non lo sa perché sono ormai settimane che
non ha il piacere), ma se si muove in quella dire-
zione, avrà le sue gatte da pelare. Meglio: le sue
corna da contare.

«Lui» o chi per «lui», perché quello, quando c'è
del buio attorno, trova sempre il modo di appog-
giare le grane, le corna in questo caso, a qualcun
altro, per poi andare in giro, a cose fatte, a parlare di ordini eseguiti, disposizioni impartite, e balle simili.

Sarti Antonio, sergente, è proprio curioso di sapere a chi è toccata la pesca.

Lo scopre subito: gli arriva una telefonata:

– Pronto? È il reparto personale che parla. Risulta, da una ispezione eseguita dal medico fiscale, che lei ha lasciato la sua abitazione mentre era in malattia. L'ufficio ritiene pertanto che lei sia già in grado di riprendere il servizio a partire da domani stesso. In caso contrario, sarà sottoposto alle sanzioni e ai procedimenti disciplinari previsti dai vigenti regolamenti.

Ha un bel dire che c'è scritto «può uscire» sul certificato medico... L'ufficio personale non è dello stesso parere, e cosí pure il medico fiscale.

Poi gliene arriva un'altra di telefonata: è «lui». Dice:

– L'ufficio personale mi ha comunicato che hai finito! Domattina, è vero, come si dice, vai a Pieve del Pino...

– Non posso: Felice Cantoni è ancora in ospedale...

– Ti do un altro.

– Non voglio nessuno! Vado con la mia macchina! Va bene?

Anche se Sarti Antonio ha urlato, «lui» non fa una piega e continua il suo discorso come se non fosse stato interrotto:

– ... e ricordati di passare dall'economato a ritirare lo sfollagente e l'elmetto, se non ti dispiace. Ho già firmato il buono di prelievo...

12. Cose che si sanno del primo cadavere che prima non si sapevano

Ma Sarti Antonio, sergente, non va a Pieve del Pino: non sa proprio cosa andarci a fare.

Per ora va alla medicina legale.

Quando esce, ha gli occhi sbarrati, lo sguardo fisso nel vuoto e il vuoto in testa. Non trova di meglio che salire sull'ottoecinquanta e andare a casa di Rosas, di volata.

Sarti Antonio non sa nemmeno perché ci va. Forse perché è stato proprio lui, Rosas, a suggerirgli di interessarsi alla medicina legale.

La porta è aperta, come sempre e come sempre, dentro, c'è puzza di chiuso.

Tutto in ordine, tutto pulito, ma puzza di chiuso.

Rosas vive come una talpa e adesso non è in casa perché la sua sedia è vuota. C'è invece, sdraiata sul divano, una tipina seminuda che sta leggendo. Avrà meno di vent'anni, sottile come un giunco, bella e seminuda... Lo guarda entrare e non gli dice neanche «crepa».

Sarti Antonio, sergente, se ne frega e si siede. La guarda per un po' e poi cerca di pensare ai casi suoi. Lo stesso fa la tipina.

Ma Sarti proprio non ci riesce: l'unica cosa che gli riesce è guardare quel bel giunco che avrà meno di vent'anni e che, magari, va a letto con Rosas.

Si alza:

– Mi andrebbe un caffè –. Ma quella non dice niente e continua a leggere. Sarti le va sotto gli occhi. Domanda:

– Sei finta? – Quella dice di no col capo.

– Mi andrebbe un caffè –. Adesso lei risponde:

– Anche a me. Ma non c'è mai niente in questa casa...

Sarti Antonio, sergente, va a razzolare in giro. Trova quello che gli serve e fa un caffè che sentono il profumo fin sotto i portici di Santa Caterina.

Se ne beve una tazzina piena. Dice:

– Buono –. Anche la tipina si alza e se ne versa una tazzina.

– Se aspettavi che te lo portassi io, aspettavi un pezzo...

– So versare da me –. E torna a leggere, sul divano. Dice:

– Non c'è male –. Sarti tace, ma pensa:

«È il miglior caffè di Bologna e dintorni, stronza!»

E si accontenta di accarezzarle la schiena con lo sguardo.

Rosas arriva che è già buio. La tipina non si è piú mossa dal divano: non ha piú aperto bocca.

Sarti Antonio, sergente, lo aggredisce:

– È tutt'oggi che ti aspetto! Dove sei stato, Cristo?

Rosas non gli risponde neppure. Ha un panino in mano e lo mette sul tavolo. Va a prepararsi un caffè. Sarti gli strappa la macchinetta dalle mani e lo prepara lui.

Poi, gli si siede davanti e comincia:

– Primo: il morto è proprio Giacinto Gessi, ventisei anni, contadino da Pieve del Pino.

Secondo: era un invertito.

Terzo: nel suo stomaco si sono trovati in grande quantità sali di acido solforoso.

Quarto: lo hanno colpito al viso e alla fronte finché non lo hanno massacrato.

Quinto: io non ci capisco piú niente!

Il giunco, meno di venti, fa sentire ancora la sua voce:

– Normale.

– Chi è quella stronza?

– Non ha detto che è normale che tu non capisca niente: ha detto che è normale che uno, dopo aver bevuto acqua solforosa ad alta concentrazione, abbia nello stomaco dei sali di acido solforoso.

– Ah sí?

Rosas annuisce e si mangia il panino. Sarti Antonio, sergente, gli mette davanti una tazzina abbondante di caffè. Ripete:

– Ah sí? E perché, prima di farsi ammazzare, avrebbe dovuto bere acqua solforosa ad alta concentrazione... e tutte quelle cose lí?

– Evidentemente perché, prima di farsi ammazzare è stato nei pressi di una sorgente di acqua solforosa e ha bevuto.

Sarti, continua a ripetersi:

– Ah sí? – Rosas finisce la cena e finisce il caffè. Dice:

– Sí! Il fango che ho cercato di farti notare sulle scarpe che il Gessi portava quando lo hanno ammazzato è caratteristico delle sorgenti di acqua solforosa. Non è fango normale, fango chiaro; è fango scuro, quasi nero...

– Ah sí?

– Sí! Le scarpe devono essere ancora in camera sua. A Pieve del Pino: se vuoi toglierti la curiosità...

78 LORIANO MACCHIAVELLI

Sarti Antonio, sergente, cambia disco:

– No, no! Ti credo. Se lo dici tu, ti credo! Solo che non capisco che cosa vada a fare un tale, alle due di notte, a una sorgente di acqua solforosa...

Il giunco fa risentire la sua vocina di angelo:

– Forse glielo aveva ordinato il medico: le acque solforose curano il fegato e fanno bene per un sacco di malanni...

Sarti finge di non averla sentita. Dice:

– Un invertito va a bere acqua solforosa alle due di notte e poi si fa spaccare il cranio... Io divento...

Vorrebbe dire «matto», ma sa che il giunco seminudo non gliela perdonerebbe, per cui, rinuncia. Rosas aggiunge al discorso di Sarti un particolare piú strano ancora.

– Un invertito che frequentava la casa d'appuntamento di Clara.

– È vero! Benissimo. Dirò all'ispettore capo Raimondi Cesare: «il primo cadavere era un invertito che andava a puttane; il secondo un toro da monta». Lo sai che si è scopato diciotto donne di Pieve del Pino?

Ed ecco, infatti, che il giunco non gliela perdona:

– Peccato che sia morto, sergente. No?

Sarti Antonio, le va vicino. Chiede:

– Non stai leggendo tu?

– Sí, ma di solito leggo con gli occhi, non con le orecchie...

– Leggi anche con le orecchie! – ordina il sergente, e Rosas dice:

– Devi solo trovare chi è andato con Giacinto Gessi, quella notte, e arrestarlo per duplice omicidio...

– Semplice: faccio fare l'autopsia ai diciotto mariti, fidanzati e amanti traditi... Dici niente? E c'è anche il maresciallo dei carabinieri fra i mariti!

Rosas si fa un posticino sul divano, vicino al giunco che gli si rannicchia in braccio, e dice:

– Potresti cominciare a chiedere al maresciallo dei carabinieri se gli piace «l'acqua puzzola». La chiamano cosí a Pieve del Pino: acqua puzzola.

Sarti Antonio, sergente, ha capito che è di troppo e toglie il disturbo.

È sulla porta e sta per andarsene, quando sente Rosas:

– Potresti anche cercare fra gli amici dei due «fu»... È chiaro che l'assassino deve essere uno che i due conoscevano, visto che sono stati colpiti mentre gli stavano davanti...

Sarti Antonio, sergente, è seduto in macchina, sulla sua comoda ottoecinquanta arrugginita, ma il giunco, gli è rimasto davanti agli occhi e in testa. La schiena nuda e il ventre piatto...

Quel talpone di Rosas, adesso, magari...

Si passa una mano sulla fronte e parte sull'ottoecinquanta, come se fosse una spider.

È buio: sui viali che vanno da porta Mascarella a porta San Vitale, stanno già battendo le piú belle prostitute della provincia. Ci dev'essere, da qualche parte, la biondina minuta, da tasca. È un bel po' di tempo che non se la porta a casa. A letto. Al diavolo l'acqua solforosa, i cornuti, i cadaveri, gli invertiti di Pieve del Pino.

13. Sui magnifici diciotto

Quando si dice una storia che diventa interessante...

Sarti Antonio, sergente, comincia a guardare meglio i magnifici diciotto e ne scopre di tutti i colori. Ma vi parlerò solamente di quelli che mi sono parsi piú interessanti: anch'io un po' di naso dovrei averlo, ormai!

Per esempio, mi sembra inutile stare a dirvi dei discorsi dei quattro contadini: quelli non avevano e non hanno tempo per occuparsi dei fatti delle mogli... E nemmeno dei tre operai: due vanno a caccia e uno allo stadio. Le mogli? Si facciano i cazzi loro! E quelle se li facevano!

I cinque salariati dipendenti dell'azienda per la raccolta industriale delle noccioline da mettere nel cioccolato: tre non ne sapevano niente e Sarti Antonio li ha lasciati nella loro ignoranza; uno lo sapeva ma era troppo stanco per arrabbiarsi (e lo capisco: dopo dieci ore passate sotto il sole a raccogliere noccioline, si diventa cretini). L'altro pure lo sapeva ma era anche convinto che fosse tutta fatica risparmiata a lui.

Dice a Sarti, testuale:

– Per quello che si prende... Neppure un grazie –. E se ne torna a raccogliere le noccioline. Gente cosí non può avere né la voglia, né la forza di andare in giro a picchiare sassate sul cranio del prossimo. I due fidanzati si sono limitati, stando alle informazioni del prete, a piantare le rispettive future spose e a cercare oblio in qualche casino della città. Allora, chi resta?

Adesso viene il bello: restano il meccanico, il dottore, il farmacista e il maresciallo. Per questi vale la pena che io vi dica come sono andate esattamente le cose. Ecco:

Sarti Antonio, sergente, trova il meccanico sdraiato sotto un trattore. Gli dice:

– Buon giorno, io sono della polizia.

– Anch'io.

– Cosa vuol dire?

– Vuol dire che sto cercando di fare pulizia in questo trattore...

A Sarti costui diventa subito odioso e allora gli dà la notizia senza tante storie:

– Chi ti ha detto che tua moglie se la spassava con Mandini Gaetano? – Il meccanico mette fuori la testa e poi viene fuori tutto:

– E a te, chi lo ha detto?

– Tua moglie... – Al meccanico lo scherzo non piace. Si pulisce le mani senza parlare piú, ma a Sarti interessa che parli:

– Allora, chi te lo ha detto?

– Li ho trovati insieme, due mesi fa.

– Per questo hai spaccato la testa a quel Mandini?

Il meccanico è uno di quelli che non parlano molto, ma quello che dicono è chiaro.

– Se mia moglie è una puttana, sono fatti miei, ma se tu ripeti quello che hai detto, anche se sei della polizia, io ti spacco la testa.

– Come hai fatto col Mandini?

Quello, prima che Sarti se ne renda conto, gli cala il pugno chiuso proprio sul collo. Sarti, che come vi ho già detto non se lo aspettava, finisce lungo disteso sotto il trattore, proprio nel posto dove prima c'era il meccanico. Quando si alza non può farci niente perché il meccanico è già pronto per colpirlo ancora: ha due braccia che assomigliano ai manici di una mazza da fabbro e i pugni sono le relative mazze. Ecco perché saltargli addosso, a Sarti sembra senza senso. Non lo fa. Dice:

– Prima o poi, ti spacco la tua bella faccia e ti porto dentro.

Aspetta che l'altro s'infili di nuovo sotto il trattore e gli chiede:

– Ti piace l'acqua solforosa? – Quello mette ancora fuori la testa. Dice:

– Sí. Fa bene al fegato e ne bevo tutti i giorni...

– Ho idea che a te, invece, farà male.

Sarti se ne va. Il meccanico è il tipo che non ci mette molto a rompere la testa al prossimo. E ha tutte le qualità per poterlo fare. Ora, si tratta di trovare qualcosa che convinca l'ispettore capo Raimondi Cesare.

Divagazione personale: vedere Sarti Antonio, sergente, rotolare sotto il trattore mi ha fatto una certa impressione. Secondo me, avrebbe dovuto schivare la mazzata con un rapido spostamento del corpo e quindi partire all'attacco colpendo l'avversario dal basso con un pugno sul mento. Cosí, dopo, avrebbe potuto sederglisi sul petto e colpirlo al viso con la mano aperta, fino a fargli uscire il sangue dalle labbra. Invece Sarti Antonio, sergente, è finito sotto il trattore. Forse non ha «le physique du rôle», come si dice. Oppure certe cose sono capaci di farle solamente gli altri.

Fine della divagazione personale.

Per ogni evenienza, Sarti Antonio, sergente, è del parere che le altre visite agli indiziati sarà bene continuarle in compagnia di Gianni «Lucciola» Deoni. Non si può mai sapere con questi montanari: un testimone può essere utile.

C'è il dottore: un altro che, invece, il fisico del ruolo ce l'ha: bello, uno e ottanta, barba grigia.

Sarti gli chiede:

– Lei va d'accordo con la sua signora?

– E lei?

– Non sono sposato. Dottore, lei ha altre donne?

– Non ne ho né il tempo, né la voglia...

– E la signora?

Il dottore dà un'occhiata in sala d'aspetto per vedere quanta gente c'è che ha ancora bisogno della sua opera: saranno sedici o venti persone. Chiude la porta dell'ambulatorio, si siede al tavolo, sospira rassegnato e dice:

– Avanti: sentiamo cosa vuol sapere.

– Di sua moglie... – Gianni «Lucciola» Deoni fa finta di essere in visita al museo e che quei bei discorsi non lo riguardino per niente. Legge con tutta l'attenzione possibile i nomi delle migliaia di flaconi, supposte e pillole che stanno in mostra nelle vetrine dell'ambulatorio. Proprio come al museo... Ma dentro, in testa, prende nota di tutto, in attesa di metterlo sulla carta, se si presenterà l'occasione e se il direttore lo riterrà opportuno.

– Lo sa già. Mia moglie è stata con quel tipo e lei lo sa. Ma io non ho avuto mai istinti omicidi. Nella mia professione si impara a reagire in modo diverso dal solito. Ho avuto fra le mani quel Mandini per un forte esaurimento...

– Lo credo!

– ... e non ci avrei messo niente a farlo fuori con intelligenza. Non vado in giro per i boschi, di notte, a spaccar teste. Le teste io le curo, se e quando posso. Quel Mandini era un caso clinico. Chissà perché, o chissà come, si era sparsa la voce che fosse un gran maschio. Ecco: da qui a diventare il «gallo del paese» non c'è voluto niente. Invece era un povero ragazzino dall'eiaculazione troppo rapida, cosa, del resto, piuttosto comune in tutti i giovani della sua età.

– Prego?

– Finiva troppo in fretta! Mi ha chiesto parecchie volte di aiutarlo con delle cure. Gli ho detto che la cura poteva portarla soltanto il tempo. Aveva vent'anni...

Sarti Antonio, sergente, è rimasto come un allocco:

– Allora, tutte queste donne...

– Le donne o sono stupide o sono insoddisfatte: in questo paese metà delle donne sono stupide, l'altra metà sono stupide e insoddisfatte.

– E sua moglie? – Il dottore va sulla porta e chiama la moglie. Arriva il solito pezzo di donna, avrà vent'anni. Sorride a Sarti, sorride al dottore e sorride anche a «Lucciola» che si sente rimescolare lo stomaco.

– Vuole sapere perché sei andata a letto con Mandini Gaetano.

Il pezzo di donna non è stupida. Dice:

– Per curiosità –. Poiché Sarti Antonio non è piú in grado di continuare l'interrogatorio (non è piú molto rapido nei riflessi: davanti a certe chiarificazioni perde l'orientamento) è il dottore che continua l'interrogatorio alla moglie.

– Ti ha soddisfatto?

– Una delusione.

Il pezzo se ne va, torna da dove era spuntata.
Dice il dottore:

– Capito?

– No! Insoddisfatta? – Il dottore apre la porta
dell'ambulatorio e chiama:

– Avanti il primo –. Poi torna a Sarti:

– Ci sono anche delle eccezioni. Qualche donna non è né stupida, né insoddisfatta, ma solo curiosa.

Prima di uscire dall'ambulatorio, Sarti Antonio,
sergente, ha qualcos'altro da chiedere:

– C'è una sorgente di acqua solforosa da queste
parti. Dicono che fa bene –. Il dottore è rimasto
un po' sorpreso, ma dice:

– Può provare.

– Lei non ne beve? Giacinto Gessi si alzava alle due di notte per andare a berla. Glielo aveva
prescritto lei?

Il dottore non gli bada piú. Dice con il pazien-
te:

– Respira forte…

Il farmacista è un soggetto piccolo, magro. Due
occhialini rotondi con le lenti spesse: uno che se
vi dicono che è un assassino, vi mettete a ridere.
Dice «buongiorno» ogni volta che il campanello
sulla porta della farmacia fa «din», senza preoc-
cuparsi se c'è uno che entra o uno che esce.

Allunga la mano senza guardare in faccia il cliente e aspetta che ci mettano sopra la ricetta. Fa cosí ormai da tanti anni che non se ne rende neppure conto.

Sarti Antonio, sergente, gli mette sul palmo
aperto della mano tesa la tessera. Quello la legge

e poi si decide a guardare in faccia i nuovi venuti, perché si è accorto che la specialità segnata sulla tessera non l'ha o non la passa la mutua.

Sembra un po' sorpreso o anche preoccupato: non si capisce bene e Sarti non ha ancora imparato a leggere sul viso di certa gente. Sarti Antonio, sergente, decide che è preoccupato e che si è sentito, per un momento, scoperto. Quello domanda:

– Desidera?

Questa volta Gianni «Lucciola» Deoni prende appunti su un blocco per note. Non che cominci a dubitare della sua memoria, ma per dare l'illusione a chi è da quelle parti, che lui sta facendo qualcosa. E anche perché non ha piú nessuna voglia di leggere altri nomi di malattie…

Sarti Antonio, sergente, risponde:

– Parlare con sua moglie –. Anche adesso il farmacista ha l'aria preoccupata:

– Mia moglie?

– Sua moglie: non ha moglie lei?

– Ho moglie… ho moglie… – Ma non si decide.

– Allora la chiama? – Il farmacista chiama, senza mai staccare gli occhi da Sarti. Quella arriva: in ciabatte e con dei ferretti piantati nei capelli. È la copia del marito, solo che porta la sottana. Dal momento che si è fatta anche questa, Mandini Gaetano, il gallo, doveva avere uno stomaco cosí.

Lei dice, giovane e civetta:

– Siiiiii! – con una i che dura diciotto secondi. Sarti Antonio guarda il farmacista. E spiega:

– Vorrei parlare con la signora da solo.

– Da solo?

– Da solo.

– Bene, ecco, allora io posso andare di là…

– Bravo, vada di là –. L'altro va, ma Sarti Antonio giurerebbe che resta attaccato alla porta. Non si preoccupa e comincia, veloce:
– Conosceva Mandini Gaetano? È stata la sua amante? Suo marito lo sa? – Lei non si scompone:
– Siiiii!
– Sí a cosa?
– Sí a tutto quello che mi ha chiesto.
Sarti Antonio apre la porta. Dice:
– Può venire anche lei, visto che è al corrente... Ha sentito quello che ho chiesto a sua moglie? – Il farmacista fa sí col capo. – Ha avuto qualche discussione per questo argomento con il defunto «gallo del paese»?
È la moglie che si mette a ridere. Dice:
– Oh, no! No, no! Lui ha solo picchiato. Picchiato me, naturalmente. Si è tolto gli occhiali e mi ha picchiata.
Sembra che il farmacista abbia qualcosa da dire, ma Sarti non lo fa parlare. Fa parlare la moglie. Le chiede:
– A suo marito piace l'acqua solforosa?
Quella continua a ridere:
– Siiii! Va tutte le sere a prenderne un fiasco e lo tiene in frigo. A lui le medicine, dice, non servono finché la sorgente di acqua solforosa butta.
– Quell'acqua a Giacinto Gessi ha fatto male. C'è mai andato insieme a lui? – Il farmacista si è tolto gli occhiali. Riesce a brontolare:
– Io non sono mai uscito con quel porco!
Dice proprio cosí: «porco». E in bocca al piccolo farmacista, fa uno strano effetto. È come se fosse una parola piú grande di lui. La moglie ride:
– Lui lo ha chiamato sempre porco.

– Perché?

– Non lo so.

Finisce di ridere quando Sarti Antonio, sergente, è già nella piazza a pensare a questo paese di matti. Intanto il farmacista deve essersi tolto gli occhiali perché sta picchiando di nuovo la moglie: si sentono le grida.

Gianni «Lucciola» Deoni scorre gli appunti e poi butta tutto nella prima fogna che incontra. Dice:

– È un violento: può aver ucciso! E sa che Giacinto Gessi era un invertito –. Sarti è sorpreso:

– Chi te lo dice?

– Perché lo chiamerebbe «porco», se no? Giacinto Gessi non è il tipo che puoi chiamare porco perché ha la faccia da porco! È proprio il contrario: un tipo fine, tranquillo. Il farmacista sa che Giacinto Gessi era un invertito, per questo lo ha chiamato sempre porco.

È un discorso chiaro che Sarti Antonio, sergente, incamera assieme a tutti gli altri discorsi che ha sentito oggi.

– Adesso devo andare dal maresciallo.

Gianni «Lucciola» Deoni guarda l'orologio. Dice:

– Io, invece, devo andare al giornale. Ho qualcosa da scrivere per l'edizione del pomeriggio…

Sarti se lo tira dietro per la manica della giacca:

– Puoi aspettare. Il maresciallo non devi perderlo…

– Ma quello vorrà sapere chi sono, cosa faccio… Finisce che mi mette dentro…

– E tu non gli rispondere. Digli che vuoi un avvocato: è un tuo diritto.

Suona alla stazione dei carabinieri e quando si apre lo spioncino, il piantone non vede nessuno. Allora apre.

– Il maresciallo?

– È tardi: sta mangiando.

Gianni «Lucciola» Deoni ha già voltato la schiena ma Sarti lo trattiene ancora per la giacca. Annunzia:

– Vogliamo parlargli. Sono della questura centrale.

Il maresciallo della stazione dei carabinieri di Pieve del Pino è quello che una donna di mezza età chiamerebbe un bell'uomo. Tutto in ordine, alto, pulito, con il tovagliolo sulle ginocchia e un vasetto di fiori sulla tavola apparecchiata. Usa posate d'argento, una caraffa di cristallo per l'acqua e una, pure di cristallo, per il vino. È un uomo felice: ha una famiglia e un lavoro che gli dà delle soddisfazioni...

Li fa sedere a tavola e fa portare da una ragazza due bicchieri (di cristallo). Sarti beve e poi gli chiede:

– È sua moglie?

– È mia figlia –. E ride, felice: soddisfazione di padre.

– Sua moglie non c'è?

– Mia moglie è andata giú: a trovare i parenti al suo paese. Giú. Dunque: a che punto stiamo, sergente, con le indagini?

E adesso? Gianni «Lucciola» Deoni pianta il naso nel bicchiere e beve per un secolo. Sarti non sa proprio da dove cominciare. Dice:

– Nessuna novità: speravo che lei avesse qualcosa da dirmi...

– Non siete voi che vi occupate del caso? – C'è una punta di ironia. Come per dire: «a quest'ora noi...»

– Lei conosce meglio di me la gente di qui. Per

esempio: quel Mandini Gaetano... Ho saputo che se l'è fatta con mezzo paese. Anche con la moglie del dottore, mi hanno detto.

Il maresciallo ha smesso di mangiare e ha fatto un cenno alla figlia di andare di là, che non sono cose da giovani. Poi dice:

– Questa gente racconta molte storie. Non mi stupirei se le avessero raccontato che è stato anche con mia moglie.

Gianni «Lucciola» Deoni tossisce, senza togliere il naso dal bicchiere. Ma quello continua:

– La signora del dottore, come del resto la mia, è di una onestà ineccepibile. Questa gente va a vedere troppi film sconci. Io vieterei certe pellicole che possono...

– Lei sapeva che Giacinto Gessi era un invertito?

Il maresciallo continua nel suo discorso come se Sarti Antonio non lo avesse interrotto:

– Io vieterei proprio certe pellicole che non fanno altro che turbare la mente e l'equilibrio dei piú deboli...

E va avanti cosí finché Sarti Antonio, sergente, non toglie il disturbo. Lo toglie perché non può chiedergli se è al corrente che sua moglie se l'è vista col «gallo» e anche perché ha capito benissimo che da quello non si ricaverà mai niente. È come se avesse detto: «Voi, che siete tanto in gamba, venitene fuori voi!»

Ma Sarti Antonio, sergente, già da un po' di tempo dubita che qualcuno possa uscire dal pasticcio.

– Ha mandato sua moglie in quarantena, appena il «gallo» è stato ammazzato –. Gianni «Lucciola» Deoni respira forte, come se fosse stato in immersione fino a quel momento.

– Io gli avrei chiesto dov'era la notte del delitto. Ti rendi conto che adesso il maresciallo sa che
tu sai di sua moglie? Quello è uno del sud. Se è
stato lui, non ci mette molto a far fuori anche te...

– Il problema è: come si fa a sapere se è stato
lui? Cosa racconto a Raimondi Cesare, ispettore
capo?

– Gli dici che ti servono notizie sul maresciallo
perché è sospettato di omicidio plurimo nelle persone...

– Sí! Cosí finisco dentro per offese alla bene-
merita arma dei carabinieri! In che letamaio sono
caduto!

– Sarà un'idea ma, per me, ti ci hanno buttato:
ti ci ha buttato «lui».

Per tutto il viaggio nessuno apre piú bocca. Solo quando Gianni «Lucciola» Deoni scende, davanti al giornale, chiede:

– Cosa posso scrivere?

– Niente.

– Ma dovrò rendere conto al direttore del tempo che ho perduto, in giro, no? Vorrà sapere dove sono stato fino adesso...

– E tu digli che sei stato a puttane –. Sarti chiude la portiera dell'ottoecinquanta e se ne va. Inchioda subito dopo e urla, dal finestrino:

– Scrivi che si cominciano a nutrire forti dubbi
che Golfarini Antilio, il muratore arrestato, possa aver ucciso Mandini Gaetano, di anni venti.

– Ma Golfarini Antilio era in carcere, quando
hanno ucciso Mandini Gaetano...

– Ecco! Appunto! Scrivi cosí. E scrivi anche
che l'acqua solforosa fa bene per tutte le malattie,
tranne che per la colite –. E lo pianta davanti alla
redazione, con il vuoto nel cuore.

14. A rifarci il conto...

A rifarci il conto, Sarti Antonio, sergente, ci capisce sempre meno e, dalla faccia che fa Raimondi Cesare, ispettore capo, ci capisce sempre meno anche lui. «Lui» gli chiede:
– Cosa conti di fare? – Sarti alza le spalle:
– Andare a trovare Felice Cantoni in ospedale...
Poi stanno a guardarsi un po':
– A ragionarci bene, però, non sembra poi tanto complicato. In definitiva, il movente c'è: la vendetta di un uomo tradito. Si tratta di stabilire è vero, come si dice, chi è l'uomo. Dunque: dov'erano gli indiziati nel momento del delitto? Quello è un paesino dove tutti sanno tutto di tutti. Non sono, è vero, come si dice, i meandri di una grande città... Stando cosí le cose, non importa che io mi stia a scomodare per prendere in mano le indagini o le affidi a qualche altro ispettore. Andiamo Sarti, andiamo! Tu sei benissimo in grado di proseguire, tanto piú che mi sembri già a buon punto. Il meccanico, il dottore, il farmacista: si tratta di chiedere, chiedere, è vero, come si dice...
Si ferma a pensare. Sarti azzarda:
– E il maresciallo?
– Sarti! Un maresciallo dei carabinieri, andiamo! – E si ferma ancora a pensare. Sarti lo lascia fare. Dopo un po' Raimondi Cesare urla:

– Il prete! – Sarti spalanca gli occhi:
– È stato il prete?
– Il prete! Il prete sa sempre tutto, nei paesini. Chiedere a lui, chiedere a lui... Le mogli in confessione, è vero, come si dice, raccontano tutto... Andiamo, Sarti, devo sempre dirti tutto io? Andiamo, andiamo...

E Sarti Antonio, sergente, va. Ma, uscito dall'ufficio dell'ispettore capo Raimondi Cesare, a rifarci il conto, comincia a dubitare di tutto. Dal momento che «lui» è d'accordo, è chiaro che non si tratta di un marito tradito. Dal momento che «lui» non è d'accordo, è chiaro che si tratta del maresciallo. Dal momento che «lui» lo considera un caso semplice, è chiaro che non si riuscirà a venire a capo nemmeno fra venti anni. Dal momento che «lui» non vuole prendere in mano la castagna, come gli ha proposto Sarti, è chiaro che la castagna scotta.

Per cui, sempre a rifarci il conto, Sarti Antonio non sa a che santo girarsi.

Gli viene solamente l'idea (molto deludente) di conoscere chi sia andato a vigilare il monumento in questi giorni; da quando lui non ne ha piú avuto il tempo... Non è una grande idea, ma, visto che non sa cos'altro fare...

Li trova tutti lí, come l'ultima sera: avvolti in un panno o dentro un sacco a pelo. Una macchina della polizia è a pochi passi. Sarti Antonio domanda:
– Allora? – Uno dei due agenti sonnecchia, l'altro scende dall'auto. Dice:
– Tutto bene: non capisco cosa veniamo a fare noi. Ci sono quelli, no?
– E chi ti dice che non siano proprio quelli che vogliono far nascere del casino?

Li guarda e si accorge che c'è anche Rosas. Cosí gli si avvicina e lo saluta. Quello chiede:

– Novità? – Sarti gli siede a fianco, con la schiena appoggiata al monumento. Scuote la testa e poi
s'informa:

– Quando la smetterete di venire da queste parti, di notte?

– Un giorno o l'altro...

– E allora, finalmente, qualcuno potrà far sal-
tare il monumento e voi a urlare che la polizia non
è in grado e che quando c'eravate voi... – Ma Rosas non raccoglie. Sarti Antonio si guarda attorno:

– Dov'è?

– Chi?

– Quel giunco seminudo che ti stava in casa l'altro giorno –. Rosas alza le spalle: non lo sa.

Come al solito, verso una certa ora, comincia a
fare freddo. Rosas chiede ancora:

– Novità? – Sarti non sa cosa dirgli. Gli rompe
far sempre la figura di uno che non cava un ragno
da un buco e allora dice:

– Qualcosa di nuovo c'è –. Non aggiunge altro.
Aspetta e ascolta il silenzio che pesa tutto attorno. Anche Rosas non aggiunge altro. Ma Sarti Antonio, sergente, ha bisogno di parlare con qualcuno che non sia l'ispettore capo e Rosas, in questo
momento, è il piú adatto.

Altra divagazione personale.

Non ho mai capito perché questi due tipi si fermino a parlare fra di loro. Non hanno niente in comune: un poliziotto e un chissàcosa che i poliziotti non li può soffrire. Un chissàcosa che i poliziotti li incontra in piazza o all'università: loro,
quando va bene, con lo sfollagente pronto a colpi-
re e, quando va male, con il lanciabombe spiana-

to. Lui, quando va bene, a scappare per non pren-
derle, e, quando va male, in terra, preso a calci.
Eppure Sarti Antonio, sergente, con Rosas ci parla volentieri. Come ora.

Fine della divagazione personale.

Sarti dice, con un po' di nervoso nella voce:

– Non c'è niente di nuovo. È un casino che fa
paura a Dio.

Aspetta, ma non viene niente. Ricomincia:

– «Lui» dice che bisogna far parlare il prete...
«Lui» dice che è chiaramente un caso di assassi-
nio passionale... «Lui» non ha mai capito niente!

– Ma è ispettore capo. Hai saputo perché Giacinto Gessi è andato a bere acqua solforosa alle
due di notte?

Sarti scuote il capo:

– Hai saputo perché un invertito frequentava
una casa d'appuntamento? Sarti idem. – Allora
Rosas si sdraia e chiude gli occhi. Dice:

– Che cazzo hai fatto, sergente, in tutti questi giorni? – E si volta su un fianco per vedere di dormire.

Già! Che cazzo ha fatto? Niente: ha solo parlato con diciotto cornuti; ha preso un pugno in faccia che è finito sotto un trattore; ha trovato quattro indiziati, compreso un maresciallo dei carabinieri; ha preso dell'incompetente dall'ispettore capo
Raimondi Cesare ed è andato a trovare quel disgraziato di Felice Cantoni, all'ospedale Maggiore.
Ecco che cazzo ha fatto in questi giorni! Glielo dice, ma Rosas è come se non lo sentisse nemmeno.
Alla fine, Sarti Antonio si alza e gli urla:

– Cosa sto a perdere il mio tempo con te, Cristo! Cosa vuoi saperne tu del mio lavoro!

Arriva uno dei due agenti che stavano in macchina. Chiede:

– Cosa c'è, sergente?

– Niente!

– Li portiamo dentro?

– Chi? – L'agente fa un cenno con la mano:

– Questi... questi... – Sarti si tocca il cavallo dei pantaloni:

– Porta dentro questi due! – E va verso l'ottoecinquanta.

A rifarci il conto, mentre torna in città, gli capita di pensare che sarebbe proprio interessante sapere perché Giacinto Gessi, invertito, frequentasse una casa d'appuntamento. E anche perché andasse a bere acqua solforosa alle due di notte.

A rifarci il conto, non vede perché non andare a trovare Clara, via Solferino 10, visto che è sulla strada di casa sua; anche se adesso, proprio adesso, la colite comincia a disturbarlo di nuovo. Non è una novità: gli succede tutte le volte che si arrabbia. E Rosas, quel gran pezzo di... lo ha fatto arrabbiare.

Anche se, a rifarci il conto, non sa bene perché si sia arrabbiato e la colite si sia svegliata.

Decide che d'ora in poi, prima di arrabbiarsi, ci penserà due volte e suona al numero 10 di via Solferino.

Sente che brontolano, dentro:

– A quest'ora... si devono rompere le scatole alle persone per bene...

Poi, Clara «burro» apre la porta: è assonnata e protesta:

– A quest'ora... – Sarti Antonio, sergente, dice subito:

– Polizia –. Ed entra. Non le lascia il tempo di chiudere la porta e l'aggredisce:

– Voglio sapere perché Giacinto Gessi veniva

da te. Voglio sapere con chi andava. Voglio sapere se veniva solo o in compagnia...

Si ferma per respirare. Clara «burro» si è risve-
gliata del tutto ed è già sorridente come quando
apre ai clienti. Chiede:

– Vuole un caffè, sergente? Vuole un caffè?

– Sí, voglio un caffè! Poi voglio sapere... – Ma
Clara è in cucina a trafficare con le tazzine e la
macchinetta. Cosí Sarti Antonio, sergente si siede, come un cliente qualsiasi, nel microsalotto di
via Solferino 10 e aspetta. Clara arriva con due
tazzine che fumano. Dice:

– A quest'ora, sergente, a quest'ora?

Sarti Antonio sorseggia il caffè. Dichiara:

– Buono. Allora? – Clara «burro» si accomoda
sul bracciolo di una poltrona, si stira bene la ve-
staglia con le mani, e attacca:

– Dunque, una cosa alla volta. Veniva da me
perché io sono discreta e non vado a raccontare le
cose in giro. Non voleva donne, non ha mai voluto donne. Tutte le volte che arrivava era in compagnia di un amico.

A Sarti Antonio, sergente, per poco non prende un colpo. Urla:

– Perché non lo hai detto a «Lucciola», Cristo!

Clara gli mette un dito sulle labbra.

– Piano, sergente, piano o si sveglia tutto il palazzo, si sveglia –. Sarti Antonio, sottovoce, ripete:

– Perché non lo hai detto a «Lucciola»?

– Io non vado a raccontare le cose in giro, io. E
poi, chi è questo «Lucciola»?

– Niente, lascia perdere. Come si chiama il tipo
che veniva qui con Giacinto Gessi...

– Questo poi non lo so. Non mi ha mai detto il
suo nome, né io gliel'ho mai chiesto...

– Ma perché?

– Perché sono discreta...

– Ho capito –. Le mostra una foto di Mandini Gaetano «gallo»:

– È questo? – Clara «burro» guarda bene la foto. Dice:

– Dio, che bel giovane!

– Veniva con questo?

– No. Sono sicura di no. Era un tipo piú anziano: aveva i capelli grigi. Distinto, alto, sempre molto elegante. No, no, non è questo. Dio, che bel giovane!

– Cosa venivano a fare qui? – Clara «burro» guarda il sergente con gli occhi spalancati. Domanda:

– Non lo immagina, sergente? Non lo immagina? – Sarti Antonio, sergente, lo immagina benissimo.

– E come no, e come no? – Sarti si rende conto di ripetere le stesse cose due volte anche lui, per cui se ne va. Esce dal numero 10 di via Solferino con gli occhi sbarrati e un gran casino in testa e nella pancia.

E adesso?

Adesso suona di nuovo. Dice:

– Se dovesse ritornare...

Clara lo interrompe:

– Ma è morto, sergente. È morto.

– Dico l'altro! Quello piú anziano, con i capelli grigi, distinto... Se dovesse ritornare, fa' in modo di trattenerlo qui e di avvertirmi. Fa' in modo...

Ecco, continua a ripetere le cose.

E figurarsi se quello si rifà vivo, figurarsi!

15. Giorgio Celli detto «frusta»

Sarti è li, in casa sua, che legge il giornale e non pensa al lavoro. Almeno di domenica... Di solito, per prima cosa, vede se c'è un articolo di Gianni «Lucciola» Deoni. Se c'è, lo legge, di qualunque cosa parli, se non c'è, torna alla prima pagina e guarda i titoli. Dunque è lí, in casa sua, che si legge il giornale, quando suona il telefono. Urla:

– Non ci sono! – E lo lascia cantare, ma quello insiste proprio:

– Pronto!

– Dove cavolo eri, sergente? – È Rosas.

– Al cesso!

– Metà della vita la passi nel cesso di casa tua e l'altra metà, in quel cesso di questura... – Sarti Antonio non coglie la finezza. Domanda:

– Cosa vuoi?

– Vederti! Ho bisogno di parlarti, sergente.

– Tu hai bisogno di parlare a me? – Dall'altra parte c'è un po' di silenzio, poi:

– Golfarini Antilio, il muratore, è ancora dentro. Cosa aspettate a farlo uscire?

– A chi lo chiedi?

– A te, al tuo ispettore capo, a chi ti pare! Lo avete arrestato per l'omicidio di Giacinto Gessi ed è chiaro che non è stato lui...

– Lo pensi tu.

– Lo pensi anche tu.

– Ha imbrattato il monumento e deve stare in galera.

– Per quale articolo del codice? – Sarti Antonio, sergente, non lo sa:

– Deve stare dentro e basta! – Ancora silenzio per un po':

– Devo farti parlare con qualcuno…

– È domenica e non mi muovo di casa. Non sono in servizio…

Di là, Rosas ha fatto un fischio, sommesso.

– Sei un gran figlio di puttana, sergente! – Sarti Antonio, sergente figlio di puttana, resta lí con il microfono in mano come un povero scemo. Il fatto è che non aveva nessuna intenzione di interrompere la comunicazione. Anche perché, tutte le volte che parla con Rosas, questo gli dà delle ottime idee. Si decide: scende, salta sull'ottoecinquanta e va in Santa Caterina. Da Rosas.

Avete mai fatto caso che quando vi serve incontrare qualcuno è proprio la volta che non lo incontrate? Infatti Rosas non è a casa. È logico perché, se ha telefonato a Sarti, non lo ha fatto da casa in quanto non ha telefono. Poi: è domenica pomeriggio e tutte le persone che si rispettano sono fuori. Chi a spasso in automobile, chi al cinema, chi allo stadio e chi per i fatti suoi, almeno una volta la settimana. Bastava pensarci un po'. Ma ormai Sarti Antonio, sergente, è fuori e non ha piú voglia di tornare a leggere il giornale. Va in via E. A. Mario, al campo di baseball a vedersi la Montenegro. Mi pare di non avervene mai parlato, ma Sarti Antonio, sergente, va matto per il baseball. Anche questa è una delle cose di lui che non ho ancora capito, come non ho ancora capito il baseball.

Si vede tutta la partita e se ne torna soddisfatto (la Montenegro ha vinto) in via Santa Caterina. Questa volta lo trova: Rosas è sul divano, da solo, a leggersi chissà che libro. Sarti Antonio gli chiede:

– Cosa vuoi? – Rosas lo guarda in un modo che vuol dire: «cosa cerchi adesso?» Ma Sarti fa finta di non saper leggere nei pensieri degli altri e ripete:

– Eh? Cosa vuoi?

– Hai la macchina, sergente?

– Ce l'ho! – Rosas si alza ed esce. Sarti gli va dietro. Seduto sull'ottoecinquanta Rosas continua a leggere il suo libro.

– Dove andiamo?

– A Pieve del Pino, per favore –. Come se fosse in taxi.

Sarti mette la prima con uno schiaffo al cambio; la seconda, la gratta; la terza la tiene fino a far urlare il motore e la quarta va dentro meglio perché gli è già un po' passato il nervoso. Urla:

– Non sono un taxi! Capito? – Ma prende la strada di Pieve del Pino:

– Cosa andiamo a fare?

– A parlare con un tale. «Il 22 ottobre, finalmente, il governo bandí il decreto imperiale sull'alleggerimento della pena per le persone incorse in atti criminosi nei confronti dello stato. Ma v'era una categoria di persone che il decreto non contemplava e non poteva contemplare. Erano i torturati a morte, gli scannati, gli strangolati, i fucilati, i caduti per la causa del popolo. Negli obitori della polizia giacevano i cadaveri, ancora caldi delle prime vittime dell'era costituzionale...»

Sarti Antonio, sergente, non ha capito molto di quello che Rosas gli ha letto. Chiede:

– Cos'è?

– Niente che ti interessi, sergente, se non il fatto che anche i caduti del monumento sono morti proprio mentre stava per iniziare il nostro periodo costituzionale. Pochi giorni prima che finisse la guerra...

– Il destino...

Rosas si scalda. Non succede spesso:

– Il destino non c'entra niente! Qualcuno sapeva che sarebbero passati di lí, li stava ad aspettare e li ha massacrati. Tutti! Il destino lasciamolo perdere, per favore! Come quando voi sparate in faccia a quelli che sono in piazza!

– O quando voi spaccate la testa a un questurino! – E il discorso finisce lí. Meglio. Solo quando arrivano a Pieve del Pino (è già scuro) Sarti Antonio chiede:

– Chi è questo tale col quale vuoi farmi parlare?

– Giorgio Celli –. E Rosas non dice altro.

– E allora?

– Era un amico di Giacinto Gessi e di Mandini Gaetano.

– E allora? – Ma Rosas non gli risponde piú. Ha ricominciato a leggere il suo libro: Sarti Antonio lo lascia in pace, tanto, non ne caverebbe niente. Tutt'al piú Rosas si metterebbe a fischiare e Sarti non ha proprio nessuna voglia di starlo a sentire.

– Da che parte vado, adesso? – Rosas gli indica la strada a fianco della farmacia. Sulla porta c'è il farmacista piccolo e magro che, di tanto in tanto, picchia la moglie. Va subito dentro, appena si accorge di Sarti.

– Quello è sporco. Sporco dalla testa ai piedi –.

Il sergente prosegue con l'ottoecinquanta finché Rosas gli dice:

– È qui –. E scendono. La casa è l'ultima del paese: dopo cominciano i campi. È già buio e la strada non ha illuminazione. Neppure la casa pare ne abbia. Non si vede e non si sente nulla. Dice Sarti:

– Non c'è nessuno.

– Aspetteremo –. Entrano perché la porta è aperta.

Sarti cerca con le mani un interruttore, ma pare che non ci sia. Sospende le ricerche e accende un cerino che si spegne subito perché c'è vento. Dice:

– Aspettami –. Va alla macchina a prendere la torcia elettrica e quando torna non trova piú neppure Rosas.

– Rosas! – Cerca intorno con la pila.

– Che razza di casa Rosas! – C'è una porta, aperta, e Sarti Antonio l'oltrepassa. Non è che sia molto bello trovarsi in queste situazioni... Io lo so.

Ma poi li vede: sono seduti davanti a una finestra e gli danno le spalle. Nessuno dei due parla. Sarti è piuttosto arrabbiato. Scatta:

– Che razza di scherzi! Non puoi rispondere? – Rosas gli risponde adesso:

– Si sta bene in silenzio. Siamo qui –. L'altro si alza e gli trova una sedia, al buio. Si muove come se ci vedesse. È alto e grosso. Ha un collo che non bastano le mie mani a tenerlo tutto. Sembra grasso, invece dev'essere tutto muscolo.

Sarti Antonio, sergente, gli passa la luce in faccia: è anche piuttosto bruttino.

– Non c'è elettricità in questa casa? – È Rosas che gli risponde:

– No!

– Perché? – Il tipo alto e grosso parla sottovoce. Dice:

– Non mi piace la luce: tutto qui –. Sarti Antonio, sergente, pensa che quel tipo non deve essere tutto a casa. Ma non lo dice e si siede anche lui a guardare fuori. La finestra dà verso il paese. Per un po' Sarti se ne sta buono, sperando che Rosas si decida, ma poi non ne può proprio piú:

– E allora?

Rosas dice:

– Questo è Giorgio Celli. Lo chiamano «frusta» per via che gira sempre con una frusta sulle spalle.

– Piacere. Sarti Antonio, sergente –. Non gli porge la mano perché, tanto, sa benissimo che Giorgio Celli «frusta» non gliela stringerebbe. Continua:

– Conoscevi quei due? – L'altro fa sí con la testa, ma Sarti Antonio, che non è un gatto, non se ne accorge.

– Allora?

– Ho detto sí!

– Hai detto sí? Non ho sentito. Sai chi è stato? – «Frusta» comincia a parlare sottovoce e va avanti per un pezzo:

– Se sapessi chi è stato, quel tale dovrebbe sentirsi piuttosto male, perché io lo farei crepare. A botte lo farei crepare! Se crede che io mi impressioni, si sbaglia di grosso. Ha spaccato la testa a quei due, ma non mi fa paura. Deve solo provarci anche con me. Io non sono né Giacinto né Gaetano e lo aspetto qui. Che venga quando vuole! Vedremo chi si romperà le corna…

Sarti Antonio, sergente, comincia a provarci gusto, sia al buio che al parlare sommesso di Giorgio Celli detto «frusta». Chiede:

– Perché dovrebbero cercare di fare fuori anche te? Che motivi ci sono?

– Che motivi c'erano per uccidere Giacinto e Gaetano? Che motivi c'erano?

– Tu lo sai? – Giorgio Celli non risponde. Sarti Antonio suppone che abbia fatto di no con la testa. E va avanti:

– Allora, deve essere un matto che si diverte ad andare in giro ad accoppare la gente...

– Non è un matto! Ha fatto fuori quei due e ci proverà anche con me...

– Ma non sai dirmi il motivo –. Ancora silenzio. Dopo un poco Rosas prende la parola:

– Giacinto Gessi, Gaetano Mandini e lui erano molto amici...

– Per questo c'è chi vuole ucciderli? – Rosas fa finta che Sarti non abbia parlato e continua:

– ... e si trovavano, qualche volta, per stare assieme. Qui, in casa o da qualche altra parte.

A Sarti Antonio viene un dubbio:

– E cosa ci facevano qui in casa al buio? Erano tutti e tre finocchi? Come Giacinto Gessi! – Questa volta è «frusta» che parla, sempre sottovoce:

– Giacinto Gessi non era un finocchio!

– No? Vai a leggere il referto dell'autopsia. Oppure dimmi cosa andava a fare in una casa d'appuntamento, senza donne, con un tale anziano, alto, distinto e con i capelli grigi... – Nessuno dice piú niente. Allora è Sarti Antonio che continua:

– Che razza di amico sei, se non lo sapevi?

– Erano fatti suoi!

Rosas dice:

– Andavano a funghi –. Come se fosse la cosa destinata a risolvere il caso.

A Sarti non interessa piú niente: non interessa

piú un matto che se ne sta in casa, al buio e dice
di essere amico di due morti ammazzati. Però risponde, per educazione:

– Sí? E ne trovavano?

– C'erano andati qualche giorno prima che Giacinto Gessi venisse ucciso. Sono passati anche a
bere un sorso di acqua solforosa –. Tutte le volte
che Sarti Antonio, sergente, sente «acqua solforosa» gli viene un crampo allo stomaco e subito dopo un dolore colitico. Sarà perché non ha ancora
capito cosa c'entri questa maledetta acqua solforosa in tutta la storia. E forse non lo capirà mai.
Chiede:

– Non hai altro da dirmi? – Solito no con la testa che Sarti non vede, ma immagina.

– Sei un bugiardo. Stai ad aspettare che vengano a spaccarti la testa e non sai perché! Hanno ucciso due tuoi amici e non sai perché! Sei un bugiardo. Se ti accopperanno (e ne dubito) faranno
bene. Ti saluto.

Sarti se ne va. Rosas lo raggiunge in macchina
e il sergente si sfoga:

– Quello è matto! Ho l'impressione che stiamo
diventando matti tutti! Compreso te, genio! Mi
porti qui in piena notte per farmi sentire un sacco
di sciocchezze…

– Non ha detto solo delle sciocchezze: ha detto
che sono andati a funghi e a bere acqua solforosa…

– E allora?

– Allora è il caso che andiamo anche noi a bere
un poco di quell'acqua. Non ti è ancora passato
per la testa? Qui tutti la bevono: dal dottore al farmacista, al maresciallo dei carabinieri, ai due cadaveri, al terzo amico che, per ora, è ancora vivo…

– A me non piace l'acqua solforosa: non ho mai potuto soffrirla. E poi ho la colite e mi farebbe male –. Lo dice cosí, tanto per dire, perché sa benissimo che, prima o poi, dovrà pur decidersi e andare a vedere questa sorgente. E chissà che Rosas non abbia ancora ragione...

16. Sarti Antonio, sergente, a rapporto

Raimondi Cesare, ispettore capo, ha già aperto, scorso e richiuso il fascicolo, venti volte. E ogni volta si ferma un attimo per guardare in faccia Sarti Antonio, sergente, che se ne sta in piedi e aspetta...

«Lui» rilegge ancora qualche riga e poi non ne può proprio piú. Butta il fascicolo in un angolo del tavolo.

– Sai cos'è questo? Questo è un casino! Se faccio leggere il rapporto ai superiori, mi chiedono, è vero, come si dice... se ho degli agenti o delle serve. Questo è un casino e tu sei un gran casinista! Sono passati piú di due mesi e che cosa hai concluso?

Sarti fa per aprire bocca, ma l'ispettore capo Raimondi Cesare non gli lascia il tempo:

– Te lo dico io! Primo: mi fai arrestare un certo Golfarini Antilio, muratore, con l'accusa di aver assassinato Giacinto Gessi, di ventisei anni, contadino. Secondo: mi racconti che il morto era solito andare a bere dell'acqua solforosa (e chi se ne sbatte, è vero, come si dice...) alle due di notte, in mezzo a un bosco, mentre di giorno frequentava una casa d'appuntamento ma non voleva donne... Terzo: (me lo scrivi qui) mi chiedi di rimettere fuori il muratore perché, dici, lui non c'entra niente, in quanto gli omicidi (che non si sa come sono diventati due) sarebbero di natura passionale.

– Quarto: metti sotto inchiesta il meccanico, il dottore, il farmacista e il maresciallo dei carabinieri di Pieve del Pino, perché le rispettive mogli se la sono fatta, è vero, come si dice, con Mandini Gaetano, di anni venti, secondo cadavere e gallo del paese. Quinto: mi vieni a raccontare che il presunto gallo del paese, in fondo non è che fosse poi tanto gallo, anzi, lasciava molto a desiderare.

– Sesto: mi chiedi di cercare un tale dai capelli grigi, distinto, alto, sempre molto elegante, che, a quanto sembra, frequentava una casa d'appuntamento per divertirsi con Giacinto Gessi, ventisei anni, contadino, invertito, primo cadavere. Io ti ascolto e distribuisco un identikit che assomiglia al sottoscritto... Non ci credi? Guarda, guarda!

Sarti Antonio guarda e conviene che Clara doveva avere sottocchio la foto dell'ispettore capo Raimondi Cesare, quando ha dettato all'esperto quella specie di disegno.

– Settimo: improvvisamente non si tratta piú di omicidio dettato dalla gelosia di un marito tradito! No! Si tratta di un tale, un maniaco che si chiama... che si chiama...

– Giorgio Celli detto «frusta».

– Giorgio Celli detto «frusta», che si diverte è vero, come si dice, a stare in una camera senza luce elettrica. Costui li avrebbe uccisi perché suoi amici intimi!

– Sarti Antonio! Si rende conto di quello che ha scritto?

Sarti Antonio si rende perfettamente conto di quello che ha scritto. Piú o meno (l'ispettore capo Raimondi Cesare ha esagerato e ha fatto piú casi-

no di quello che è), piú o meno, le cose stanno proprio in quei termini.

– Giorgio Celli, è un povero matto e ha una forza da bestia. Solo un matto può aver ucciso quei
due –. Ma «lui» non lo lascia finire neppure questa volta. Adesso ha cominciato a dargli del «lei».

– Si rende conto è vero, come si dice, di quello
che sta combinando? Faccia sparire questa roba,
sergente, prima che capiti in mano a qualcuno… a
qualcuno che non la conosce… – Gli porge il rapporto spiegazzato e Sarti se lo infila in tasca. Fa
per andare:

– E adesso che intenzioni ha, sergente? – Se
Sarti sapesse dove mettere le mani…

– Devo riflettere un pochino.

– Ecco, bravo! Provi a riflettere un pochino, è
vero, come si dice…

Sarti Antonio, sergente, se ne va: esce dall'ufficio dell'ispettore capo con dei tremendi dolori al
ventre, una gran voglia di urlare e un odio incon-
trollabile verso suo padre colpevole di non averlo
mandato a fare il garzone del fornaio fin dall'età
di dodici anni. Ma pare che non sia finita: non è
arrivato in fondo al corridoio che «lui» lo chiama:

– Sergente! – Si volta e vede che l'ispettore capo
lo sta raggiungendo. Poiché non può scappare (tanto non andrebbe lontano e poi sarebbe una ammis-
sione di colpa), decide di aspettarlo. Quello gli dice:

– Andiamo a parlare con il prete. Io te l'avevo
già suggerito, ma dei miei consigli, è vero, come si
dice, tu te ne freghi.

Sarti Antonio lo segue fino al cortile.

– Dove hai la macchina?

– È qui fuori. Possiamo prendere una di queste…

– Sarti Antonio, non facciamoci ridere dietro per una macchina, è vero, come si dice…

Non ci facciamo ridere dietro e saliamo sull'ottoecinquanta di Sarti. Anche se ha smesso di parlargli con il lei, l'ispettore capo Raimondi Cesare deve essere piuttosto nero: non fiata per tutto il viaggio. Dice solo:

– Vediamo se si riesce a combinare qualcosa.

Appena arrivano davanti alla chiesa di Pieve del Pino, Sarti Antonio dice al prete:

– Questo è l'ispettore capo Raimondi Cesare. Vorrebbe sapere…

– Lascia parlare me, sergente. Caro padre, desidererei rivolgerle alcune domande, è vero, come si dice, per vedere se riusciamo a sbrogliare questa brutta matassa.

Il pretone, bello, alto, si apre in un sorriso che Sarti Antonio traduce cosí: «dica pure, caro dottore; non ho dubbi che lei, persona altamente colta e intelligente, riuscirà a risolvere il caso…» Ma quello dice:

– Ho proprio paura di non potervi essere d'aiuto. Ho già detto tutto al suo collaboratore… – Sarti gli darebbe un bacio, gli darebbe.

– Io, invece, vorrei sapere quello che non gli ha detto. Per esempio, padre, lei sapeva che Giacinto Gessi era… era… Insomma non era troppo normale con le donne?

– Povero Cintino! Mi ha parlato tante volte di questo suo problema…

– Lei lo sapeva! – Il pretone annuisce, ma il suo viso è triste, molto triste.

– Perché non me lo ha detto? – Il pretone guarda Sarti senza cambiare espressione.

– Figliolo, non me lo ha mai chiesto e io non pos-

so raccontare in giro quello che i miei parrocchiani mi confidano in confessione...

Raimondi Cesare comincia ad avere gli occhi lucidi per la contentezza. Continua:

– E saprà anche chi era l'uomo con il quale il
Gessi, è vero, come si dice...

– O no! Questo proprio no!

– Cosa sapeva di Mandini Gaetano, padre? Voglio dire della sua attività, è vero, come si dice,
sessuale? – Il pretone annuisce, sempre con aria
triste. Deve essere proprio brutta per un parroco,
buttare sul pavimento della sua chiesa i guai piú
sporchi dei suoi parrocchiani...

– La moglie di qualcuno le ha parlato di minac-
ce fatte al defunto Mandini Gaetano?

– Piú o meno tutti avevano minacciato la moglie e Gaetanino.

Adesso tocca a Sarti che proprio non può farne
a meno:

– Anche il dottore?

– Be', direi proprio di no. Il dottore è una specie di... di uomo senza morale, insomma. A lui non
importava se la moglie...

– E il maresciallo? – È sempre Sarti e stavolta,
mentre aspetta la risposta del pretone, guarda bene in faccia Raimondi Cesare.

– La povera signora del maresciallo è tornata dai
suoi parenti. È stato lui, a costringerla a partire.
La poverina prima di andarsene è venuta a tro-
varmi... Piangeva che sembrava una fontana, poverina... Pentita! Dio sa se era pentita! Mi ha detto, fra le lacrime: «Padre, io parto. Lascio mia figlia nelle sue mani. Faccia come se fosse figlia
sua...» Poverina, proprio cosí mi ha detto; era fuori di sé. «Parto e non so quando potrò tornare. Ma
è la cosa migliore...»

E la smette lí.

Ma a Sarti Antonio non basta. Chiede:

– Perché era la cosa migliore?

– Non ha detto altro, poverina. Piangeva, piangeva solamente.

Raimondi Cesare, ispettore capo, riprende in
mano la situazione:

– Chi è Giorgio Celli?

– Un pover'uomo, direi. Non perché non viene
mai in chiesa, ma perché quando un uomo non ha
un lavoro, quando vive come un eremita, quando
non ha amici, quando sta per ore davanti alla porta di casa a far schioccare la frusta, quando si
ubriaca una volta la settimana, quando... – E chissà per quanti altri quando sarebbe andato avanti
il pretone, se l'ispettore capo Raimondi Cesare
non l'avesse interrotto.

– Non era amico dei due che sono stati uccisi?

– Sí: le uniche persone con le quali aveva dei
rapporti erano proprio quei due.

– Che genere di rapporti? Voglio dire: come mai
tre uomini tanto diversi si frequentavano?

– Non l'ho mai capito. Francamente non l'ho
mai capito.

– Giacinto Gessi non le ha mai parlato di Giorgio Celli?

– Qualche volta ho provato a parlargliene io, ma
Cintino ha sempre cambiato discorso. Mi diceva
solo: «È un bravo ragazzo, padre. È un bravo ragazzo».

– Cosa facevano e dove andavano quando si ve-
devano?

– Qualche volta da Giorgio Celli...

– Al buio?

– Al buio. Oppure, come l'ultima volta che si

sono incontrati, andavano fuori per funghi, o anche in giro cosí, senza una meta. Solo per parlare.

– Di cosa?

Il pretone alza le spalle. Pare che Raimondi Cesare, ispettore capo, abbia finito. Ha ancora gli occhi lucidi per la felicità.

Sarti Antonio, sergente, è curioso di sapere di dove venga tanta felicità e cos'abbia ricavato da quei discorsi perché lui, Sarti Antonio, è al punto di prima.

Se ne vanno.

– Portami dal dottore –. Davanti all'ambulatorio Sarti si ferma e indica la porta. Stessa storia della presentazione e prima domanda di Raimondi Cesare, ispettore capo:

– Cosa ne pensa, clinicamente, di Giorgio Celli?

– Niente!

– Come niente?

– Niente, perché non ho mai avuto il piacere di visitarlo. Pare che abbia una salute di ferro…

– Non ha mai avuto occasione di incontrarlo, di parlare con lui?

– Quello non parla con nessuno. Se ti incontra, ti saluta con un cenno del capo e un sorriso. Sorride a tutti, ma non parla.

– Mi sembra un pover'uomo…

– Dipende dai punti di vista. A lui, siamo io e lei a sembrare poveri uomini.

– Il prete mi ha detto…

Questa volta è Raimondi Cesare a prendere una botta nei denti. Gli dice il dottore:

– Ecco, bravo! Se ne ha parlato col prete, lei è già a posto! A chi tocca? – Fa entrare il malato di turno. Con ciò i due questurini possono anche togliere il disturbo. Lo fanno.

Mentre tornano verso la città, Sarti Antonio chiede:

– E allora?

Gli fa un sorriso tale che a Sarti viene voglia di aprire la portiera e scaricarlo in un burrone e poi raccontare che lo ha perduto per strada.

– È tutto molto chiaro, sergente. Non credi? L'amicizia dei tre è equivoca: non escludo che ci sia dentro anche il dottore, vista la scarsa moralità di cui fa bella mostra, è vero, come si dice... E mi pare proprio il tipo dai capelli grigi, distinto, alto, sempre molto elegante di cui ha parlato Clara. Si tratta di mostrare a Clara una foto del dottore e vedere la reazione.

In effetti, Sarti non è che avesse mai pensato a una soluzione simile. Sarebbe il colmo: arriva Raimondi Cesare, ispettore capo, fa quattro domande qua è là e ti risolve il caso. Delitto passionale sí, ma fra uomini di scarsa morale e gelosi l'uno dell'altro. Avrebbe anche ragione Giorgio Celli «frusta» nel dire che non sa chi tenterà di fargli la festa in quanto il dottore potrebbe essere (se le cose stanno come suppone «lui») l'amico segreto di Giacinto Gessi. Il quale, però, avrebbe tenuto nascosta la sua relazione con il dottore perfino ai suoi amici intimi: Mandini Gaetano «gallo» e Giorgio Celli «frusta». Cristo, che casino!

Ci sarebbe da dare le dimissioni da sergente e andare a fare il garzone del fornaio. Non è mai troppo tardi. In cuor suo Sarti Antonio, sergente, spera che non sia cosí. Raimondi Cesare continua:

– Sono anche sicuro che il prete sa chi è l'amico misterioso del Gessi. Per quale motivo avrebbe chiamato il dottore «un uomo senza morale» se non sapesse che è stato l'amante del morto? Dovrò fare in modo che intervenga il vescovo.

– Il vescovo?

– Penso che il vescovo è vero, come si dice, non avrà difficoltà a farsi rivelare dal prete il nome dell'uomo che frequentava via Solferino con il Gessi; anche se si dovesse trattare di segreto confessionale. Vedremo, vedremo fino dove arriva l'immoralità di quella specie di dottore senza morale!

A Sarti Antonio, i crampi al ventre sono diventati piú acuti. Comincia ad aver bisogno di un gabinetto. Meglio se è quello di casa sua.

Sarti Antonio, sergente, non è presente quando Raimondi Cesare, ispettore capo, si reca in via Solferino 10 e suona il campanello di Clara «burro» affittacamere e le mette sotto il naso una bella foto del dottore. Non è presente perché, dice, la colite non gli dà pace. Ma il fatto vero è che non ha nessuna voglia di stare a sorbirsi il sorriso e le lacrime di gioia che «lui» avrà sul viso quando Clara «burro» gli dirà: «Sí, sí! È proprio questo il tipo che veniva con Giacinto Gessi. È proprio questo il tipo. Quando io ho visto qualcuno una volta, non lo dimentico piú, non lo dimentico».

Ma le cose non vanno proprio come Sarti immagina. Dice Clara:

– No, no! Sono sicura di no! Non gli somiglia per niente, non gli somiglia. Poi questo ha la barba, ha.

– Lasci stare la barba, signora! La barba può crescere in tre giorni, è vero, come si dice… Guardi il viso, gli occhi, il naso… – Clara continua a scuotere il capo:

– No, no! Sono sicura di no! Gli occhi magari … E anche i capelli grigi… Ma il naso! No, no! Sono sicura di no!

Raimondi Cesare, ispettore capo, se ne va sbattendo la porta, mentre Clara gli urla dietro:

– Torni, torni pure quando vuole, caro.

Cosí Raimondi Cesare chiama Sarti e gli dice:

– Quella cretina non riconoscerebbe suo padre, è vero, come si dice. Sta a guardare la barba! «Il naso non è quello!» Ci vuole molto a cambiare la forma di un naso: due pezzetti di cotone e il gioco è fatto, è vero, come si dice... Comunque, ci vogliono dei dati di fatto e noi li troveremo. Mi devi controllare i movimenti del dottore prima e subito dopo i due omicidi; chiedi all'ordine dei medici, chiedi alla moglie se il marito ha delle tendenze particolari... Non mi meraviglierei, visto che non se la prende se lei, è vero, come si dice... se la passa con altri uomini. Poi torni a trovare quello scemo che non ha la luce in casa e gli fai capire che l'amante di Giacinto Gessi potrebbe essere il dottore... Devo sempre dirti tutto io, è vero, come si dice...

Sarti Antonio fa per andare, ma poi chiede:

– E il vescovo? – Raimondi Cesare non gli risponde. Scuote solo il capo e tiene gli occhi piantati sui fogli sparsi sul tavolo: magari sono i rapporti di altri agenti senza iniziativa. Proprio come Sarti Antonio, sergente.

Viene fuori che sorride. Giú in strada mi offre il caffè:

– Due espressi che siano espressi –. Mi stringe anche la mano quando sale sull'ottoecinquanta. Non che io me ne vada (tanto non lo lascio un momento) ma cosí, per felicità, perché non ha piú i morsi di colite e perché Raimondi Cesare, ispettore capo, ha fatto una figura del cavolo.

In questi giorni che se n'è stato chiuso in casa, magari al cesso, ha potuto pensare in pace a tutto quello che gli è successo attorno e comunque vadano le cose, lui, Sarti Antonio, sergente, il suo

dovere l'ha fatto. E dal momento che non ci leva
i piedi un ispettore capo...

Da casa telefona a Pieve del Pino e gli risponde
la moglie del dottore. Non poteva che essere cosí,
dal momento che ha scelto l'ora nella quale lui, il
dottore, doveva essere in ambulatorio con i suoi
pazienti. Gli risponde proprio il pezzo di donna
che avrà vent'anni. Dice:

– Pronto?

– Sono Sarti...

– Chi?

– Sarti Antonio, sergente. C'è suo marito?

– No. È in ambulatorio. Glielo chiamo, sergente? – Dice sergente che sta sorridendo, ci scom-
metterei.

– Non mi serve il dottore. Ho bisogno di parlare con lei. Non capita mai in città? – Ancora un
poco di silenzio e poi il pezzo di donna si decide:

– Io vengo tutti i giorni o quasi...

– Ci vediamo domani?

– Dove? – Già, dove? Lui ci prova:

– A casa mia –. Il pezzo di donna non fa una piega e gli risponde:

– Sarò da lei domattina alle dieci. L'indirizzo,
prego –. Glielo dà. Avere quel tipo per casa, domattina alle dieci, gli fa sentire un morso allo stomaco... Proprio come le prime volte che uno va a
donne. Mette in ordine. Ma soprattutto è il fatto
che quel pezzo di donna non si sia scomposta,
quando le ha detto: «a casa mia».

Magari arriva con il marito senza morale, che se
ne viene a guardare loro due!

Sarti Antonio si aspetta di tutto, tranne che, appena dentro, lei si tolga le scarpe.

È sola e dice:

– Non posso sopportare le scarpe. Me ne sto
scalza tutto il giorno –. Ha un abitino di cotone
che lascia vedere il seno: una meraviglia. A guardarla bene, deve avere piú dei vent'anni che le aveva dato la prima volta. Ma resta sempre quel gran
bel pezzo. Si mette a sedere e chiede:

– Allora?

– Adesso preparo un caffè –. Ma Sarti non si
muove; è inchiodato a guardarla.

– Va bene: prendo volentieri un caffè –. Lui si
decide e va in cucina. Quando lo porta, lei si è già
accesa una sigaretta. Sarti Antonio, sergente, non
può sopportare il fumo, ma non glielo dice.

A questo punto, secondo me e tutti i teorici del
sesso, lui dovrebbe baciarla, senza perdere altro
tempo. Ma, evidentemente, io e gli altri teorici del
sesso, non sappiamo del morso allo stomaco che
sente il Sarti. Beve il suo caffè, come lei.

– E allora? – Adesso non c'è piú caffè che ten-
ga: resta quel meraviglioso seno, sotto il cotone teso del vestito. Di colpo gli passa il morso allo stomaco. Dice, in fretta:

– Ne parliamo subito o dopo? – Lei spegne la
sigaretta, ancora da fumare per metà:

– Ne parliamo dopo.

È fatta, come al cinema!

Dopo, Sarti Antonio, sergente, ha la sensazio-
ne di non essere stato all'altezza: è la preoccupazione che abbiamo tutti, quando ci capita di trovarne una nuova. Glielo dice:

– È stata una delusione? Come con Mandini
Gaetano? – Lei scuote il capo e gli mette un dito
sulle labbra. Gli sorride, anche. Poi si copre quel
bel seno con una punta del lenzuolo.

– Cosa ne pensa tuo marito?

– Niente.

– È uno sportivo...

– No! Sa come vanno le cose al mondo...

– Tutto qui?

– E cos'altro? Io non gli sto a rompere l'anima per le sue avventure...

Sarti la interrompe perché è questo il momento:

– Magari con uomini... – Lei si mette a ridere forte, tanto che Sarti Antonio è certo che il vicino ha sentito.

– No?

– No! Al mio dottore sono sempre piaciute le donne –. Lui la guarda e decide che deve essere proprio così. Ma quel dottore, non lo capisce. E lo dice:

– Non gli importa se vai con altri, non gli importa se lo si viene a sapere in giro, non gli importa che lo considerino senza morale... Cosa gli importa?

– Fare il suo mestiere meglio che gli sia possibile; avere vicino una persona che gli voglia bene...

– Tu? – Lei annuisce:

– ... non vuol pesare su chi gli sta attorno e non vuol pesi per se stesso. Vuol lasciare agli altri la possibilità di vivere secondo i loro desideri e vivere, lui, secondo i propri...

Sarti Antonio, sergente, comincia a odiare il dottore:

– Un marito perfetto –. Lei sorride ancora. Dice:

– È un uomo che ha capito molte cose e questo gli basta.

– Un tipo, insomma, che non va in giro a spaccare la testa agli amanti di sua moglie –. Lei annuisce: non è che parli molto. Il necessario e basta. Sarti Antonio, sergente, chiede:

– Glielo dirai di oggi? – Lei fa sí con la testa.

Un bel guaio: con che faccia Sarti Antonio potrà presentarsi al dottore, domani o dopodomani? Quello, magari, è capace di chiedergli se è rimasto soddisfatto o se ha delle lamentele. Non sa piú cosa dire:

– Un altro caffè? – È la sola cosa che gli viene in mente. E poi va di là, in cucina, senza aspettare risposta. Il caffè è una buona cosa: ti permette di restare in silenzio, mentre lo bevi, a pensare ai fatti tuoi e a quello che ti sta succedendo. Ti aiuta a uscire da situazioni imbarazzanti. Ti dà tempo per riordinare le idee e preparare nuove domande. Come questa:

– È da molto che tiene la barba? – Lei scuote la bella testa:

– Un paio di mesi, piú o meno.

– Perché ha deciso di farsi crescere la barba?

– Non gliel'ho chiesto: mi piace anche cosí.

Questa cosa della barba di circa due mesi (da quando cioè si trovò il primo cadavere) farà un gran piacere a Raimondi Cesare, ispettore capo.

Sarti decide di non pensare piú al caso, per un po': ha la donna fra le mani e cerca di non deluderla, almeno questa volta.

Poi le cose vanno avanti da sole e Sarti Antonio non ha piú la preoccupazione di non essere all'altezza.

Manca poco all'una quando quel bel pezzo di donna se ne va. E lo lascia solo, a pensare a molte cose, belle o brutte.

Magari, domani, arriva il dottore, distinto, alto, capelli grigi, barba di due mesi e sempre molto elegante, suona dove trova il nome di Sarti, entra, gli spacca la testa con una pietra e se ne torna dai suoi malati:

«Avanti un altro…»

18. La storia continua... e sembra quasi arrivata alla fine...

Lo svegliano che saranno le sei. Dice l'ispettore capo Raimondi Cesare, al telefono:
– Ti mando l'auto fra dieci minuti. Preparati.
– Per andare dove?
– Preparati.
– Lei, ispettore, non dorme mai?
– E tu dormi troppo.
Sarti si prepara e quando gli suonano è già sulla porta e la sta chiudendo a chiave. Come al solito, non ricorda se, dopo che si è preparato il caffè (un buon caffè), ha chiuso o no il rubinetto del gas. Deve rientrare, se no, non sta tranquillo.
L'aveva chiuso, come al solito.
Giú c'è l'auto 28 e al volante c'è Felice Cantoni, agente. Gli chiede:
– Come va?
– Cosí. Ricominciamo –. Sarti Antonio lo guarda in faccia:
– L'ospedale ti ha fatto bene: sei ingrassato.
– Lo dice anche mia moglie.
– La testa?
– Va bene: solo che adesso fumo di piú. Tre sigarette al giorno e mi sembra di avere un leone nello stomaco: l'ulcera... Quelle suore, all'ospedale, mi hanno fatto diventare matto! – Sarti Antonio, sergente, sale e chiede:

– Dove si va? – Felice Cantoni non gli risponde. Dice, invece:

– Hai la rivoltella? – Sarti spalanca gli occhi:

– Per farne che?

– «Lui» dice che devi prendere la rivoltella...

– È matto?

– Dice che devi prendere la rivoltella... – Sarti scende dall'auto e torna in casa: da qualche parte, dentro qualche cassetto, c'è la rivoltella, tutto sta ricordare dove. Alla fine, la trova: nel cassetto dove tiene i fazzoletti e i calzini. Se la infila in tasca e torna fuori:

– Chissà se ho spento la luce, in camera –. Questa volta se ne frega. Partono con l'auto 28 e Felice Cantoni, agente, di nuovo al volante. Sarti domanda ancora:

– Dove andiamo?

– Al poligono di tiro. Non so altro. Ho dovuto prendere la rivoltella anch'io, figurati...

Se conosco qualcuno che odia le armi, è Sarti Antonio, sergente: non le può vedere. Il rumore degli spari gli dà nausea e l'odore della polvere bruciata gli fa girare la testa. Eppure è sergente della polizia.

Al poligono sono in diciotto: tutti quelli dell'ispettore capo Raimondi Cesare.

– Ne avete messo di tempo... Mancavate solo voi due –. E si avvia.

Gli altri lo seguono: si guardano in faccia fra di loro ed è chiaro che nessuno sa di cosa si tratti. Seguono il capo e aspettano. Quello riprende:

– Le vostre armi sono arrugginite. Sono anni che non le usate. Cosí succede che, quando vi capita di doverle usare, quando ne avete bisogno, insomma, non funzionano o non ci sapete fare. E al-

lora è vero, come si dice, gli agenti vengono uccisi, e i delinquenti se ne vanno indisturbati. D'ora
in poi, ci troviamo qui una volta al mese: voglio
una squadra efficiente –. E poiché sono arrivati,
tira fuori la sua pistola e comincia a sparacchiare
contro un cartone-sagoma. Fa un casino del diavolo.

Gli altri non hanno smesso di guardarsi in faccia e tutti pensano che «lui» deve avere qualche
rotella fuori posto. Oppure ha visto un film di
spionaggio...

– Adesso, è vero, come si dice, vediamo voi.

A turno ci provano tutti e intanto Sarti Antonio, sergente, si accorge di aver preso la rivoltella
ma di aver dimenticato quello che ci sta dentro e
che serve per far fuoco. Chiede in giro se qualcuno ha un caricatore in piú da vendergli. Quando
lo trova, è proprio il suo turno. Carica. Raimondi
Cesare, ispettore capo, gli ride in faccia:

– Di solito la tieni in tasca scarica, sergente?

– Non la tengo in tasca, la tengo in casa, nascosta il piú possibile: non la posso soffrire e quando
la prendo in mano, mi viene nausea...

– Spara, sergente, spara! – Sarti spara e, per fargli dispetto, vorrebbe mettere tutti i colpi nel centro. Ma non ci scommetterebbe. Alla fine, quando ha vuotato l'intero caricatore e scaricato la rabbia che questa storia gli ha dato, chiede:

– Posso andare? Ho molte cose da sbrigare, oggi –. Se ne va senza aspettare risposta; quello che
gli ha dato le pallottole lo raggiunge. Dice:

– Sono milleduecento lire...

– Che cosa?

– I proiettili che ti ho venduti –. Sarti paga e si
siede sull'auto 28, il piú lontano possibile dai ru-

mori degli spari e dall'odore della polvere esplosa.
Per rimettere a posto lo stomaco ci vorrebbe un
buon caffè.

Felice Cantoni, agente, lo raggiunge e se ne vanno; Felice si complimenta:

– Hai fatto sei centri su nove: un buon punto!

– E «lui»?

– Nove su nove: tira piuttosto bene.

– Mi fa piacere.

Non aggiunge altro. Gli hanno fatto cominciare la giornata da cani. E pensare che era finita tanto bene ieri, con quel pezzo di donna...

– Dove andiamo?

– Dove vuoi!

Ci ripensa e, se non altro per far dispetto a Raimondi Cesare, decide di ascoltare il consiglio di
Rosas:

– A Pieve del Pino! È ora che andiamo a vedere questa sorgente miracolosa.

Non può presentarsi al dottore e dire «buon
giorno» come se niente fosse, cosí, si presenta al
farmacista. Il campanello che sta sulla porta da
chissà quanti secoli, fa il suo mestiere di campanello ogni volta che si apre la vetrata e il soggetto
piccolo, magro e con gli occhialini rotondi dalle
lenti grosse dice:

– Buongiorno, – senza alzare gli occhi dalle carte. Allunga la mano sopra il banco per afferrare la
ricetta. Sarti gliela stringe con forza e dice:

– Piacere: Sarti Antonio, sergente –. Il farmacista sussulta, come sempre:

– Vuole... vuole mia moglie?

– No, grazie, non mi serve piú. Ho mal di pancia...

– Le conviene... Dovrebbe andare dal dottore...

– Già fatto. Mi ha consigliato un po' d'acqua solforosa. Ne ha?

L'altro non risponde perché forse non ha ancora capito che Sarti Antonio fa dell'umorismo. L'ho detto: ci vuole un po' di tempo prima di capire l'umorismo del sergente.

– Non ne ha! Peccato! Dovrebbe accompagnarmi alla sorgente.

– Ma... ma è molto lontana. Ci vuole del tempo per arrivarci!

– Meglio: prenderemo una boccata d'aria fresca.

– E la farmacia?

– La sua signora. O non si fida a lasciarla sola? Non deve avere preoccupazioni: il gallo del paese non può piú beccare nel pollaio degli altri.

L'ometto si toglie il grembiule bianco e chiama la moglie:

– Síííí! – La signora arriva e ha un grosso cerotto sulla fronte.

– È scivolata? – Lei fa un bel sorriso a Sarti Antonio e gli strizza l'occhio, dietro le lenti.

Se ne vanno con l'auto 28 fin dove può arrivare l'auto 28 e poi a piedi, per un bel tratto di strada.

Devo proprio raccontarvi com'è il posto perché a me è piaciuto moltissimo, appena l'ho visto. È cosí: una gola stretta fra due monti verdi di alberi e di muschio; un ruscello chiaro che lava le pietre spigolose del fondo; nessun rumore, attorno, tranne quello dell'acqua che cerca la valle fra i rami caduti e le foglie secche; un'atmosfera umida che riempie i polmoni di fresco e di vivo; a lato del ruscello, proprio sul fianco della montagna, esce uno zampillo d'acqua che colora di scuro la terra e scende a congiungersi con il ruscello che viene da piú in alto: è l'acqua solforosa. Attorno allo

zampillo e scavato nella roccia da chissà quanti secoli e da quali mani, c'è uno spiazzo abbastanza
largo per starci in cinque o sei. Ci si può anche sedere, volendo, perché qualcuno ha portato dei sassi grandi e levigati. E una gran quantità di muschio: muschio dappertutto e odore di zolfo, o
piuttosto, di uova marce.

Il farmacista annuncia:

– È qui.

– Vedo –. Su una mensola naturale, di fianco alla sorgente, ci sono dei bicchieri di alluminio, in
fila: cinque o sei.

Sarti Antonio, sergente, ne prende uno e beve:
subito non sente sapori, ma appena l'acqua gli arriva nello stomaco ha la bocca piena di uova marce; ma non è sgradevole. Ne beve ancora. Dice:

– Buona. Sentila Felice.

Felice Cantoni, agente, ci prova, ma sputa subito:

– Fa schifo!

– Lei non beve? Mi dicono che viene spesso da
queste parti e ne fa scorta…

Anche l'omino si vuota un paio di bicchieri, sotto gli occhi spalancati di Felice Cantoni:

– Ma come riuscite a berla? – Poi per consolar-
si si accende una sigaretta.

– Butta quella robaccia! Vuoi rovinare l'aria di
questo posto?

Cantoni spegne la cicca e la rimette in tasca. Sarti Antonio, sergente, si guarda intorno. Giú, verso la valle, a qualche decina di metri dalla sorgente, il ruscello forma una cascata e il sentiero che li
ha accompagnati fin lí, finisce proprio sul ciglio:
quasi un invito ad andare a vedere. E Sarti ci va.
Arriva fin dove il sentiero si interrompe perché c'è

un salto di venti metri: la cascata. In fondo il ruscello riprende il suo cammino e si perde fra i rami secchi e verdi fino a chissà dove. Nient'altro se
non le pareti ripide dei monti che stringono la gola da tutte e due le parti.

E adesso?

Adesso Sarti Antonio, sergente, ne sa quanto prima. Gli viene in bocca il sapore dell'acqua. Dice:

– Bel posto. Bel posto e acqua buona. Non crede?

Il farmacista rimette sulla mensola i bicchieri di
alluminio e si avvia per tornarsene al paese.

– Va a piedi?

– Sí c'è una scorciatoia. Torno a piedi: mia moglie può avere bisogno di me. Questo è il posto:
può restare quanto vuole, sergente. Nessuno verrà
a disturbarla.

Se ne va sul serio.

– E adesso? – Felice Cantoni, agente, alza le
spalle:

– Se non lo sai tu, sergente! – Lui non sa proprio niente. Si siede e ricomincia a guardarsi attorno, nel silenzio meraviglioso di quel posto. Un
silenzio che dura tredici secondi. Poi Rosas, da
qualche parte, urla:

– Era ora, sergente, che ti facessi vivo!

Sarti Antonio, sergente, e Felice Cantoni, agente, si alzano di scatto e cercano attorno con lo
sguardo. Non si vede un'anima. Rosas al solito ha
cominciato a fischiettare e Sarti si sforza di capire di dove viene. Gli pare dal fondo della cascata
e torna a guardare dove il ruscello precipita per
venti metri. Non si vede nessuno, ma il fischietto
di Rosas viene proprio di laggiú.

– Dove sei, si può sapere?

– Qui sotto! C'è una fune alla tua destra, sergente. Prova a scendere.

La fune c'è e lui, Sarti Antonio, sergente, non l'aveva vista. La fune scende e sparisce dietro un grosso masso. Scende anche Sarti, massacrandosi le mani e bestemmiando come un infedele:

– Potevi prendere una scala!

– E perché non un ascensore? È piú comodo e meno faticoso.

Sarti arriva sotto un masso sporgente e ci trova Rosas, circa a metà strada fra la sommità e il fondo della cascata.

Proprio sotto il masso, che non la si vedeva dalla cima, c'è una rientranza, come una piattaforma, e un'apertura. E c'è anche Rosas: Rosas in compagnia del giunco. La ragazzina seminuda. Questa volta è coperta da un grosso maglione di lana a collo alto. In cintura, però, si vede la carne. Sotto è nuda e non deve avere neppure il reggiseno.

– Cosa ci fate voi due qui?

– Aspettavamo te, sergente. Da ieri.

– Da ieri?

– Prima o poi ti saresti deciso a venire –. Il giunco ripete:

– Prima o poi –. Rosas entra in quella grotta naturale. Dall'alto, Felice urla:

– Hai bisogno sergente?

Sarti non gli risponde perché non è ancora ben presente: non ha afferrato la situazione. È il giunco che gli ripete, vicino e sottovoce:

– Hai bisogno, sergente? – Sarti urla, non sa se per Felice o per il giunco seminudo:

– No! – Ed entra da Rosas:

– Siete stati qui tutta la notte? – Rosas gli indica i resti di un fuoco. Sono stati qui tutta notte!

– A far che? – Lo sa bene cos'hanno fatto tutta notte quei due, ma lo chiede ugualmente. Rosas lo delude:
– A fare l'inventario di tutto quanto abbiamo
trovato –. Legge da un foglio: – un tavolo di legno, cinque sedie impagliate, bottiglie, bicchieri,
pagliericci, mitra, mitragliatrice leggera...
– Una mitragliatrice? Questo è un arsenale –.
Rosas riprende:
– Una mitragliatrice leggera dell'ultima guerra,
quattro mitra MP 40 tedeschi, munizioni per le
suddette armi, centoquattro bombe a mano, diciotto bottiglie vuote, una ventina di pagliericci,
un tavolo, cinque sedie, il necessario da cucina per
parecchie persone, una cassa contenente un milio-
ne e seicentomila lire in valuta del 1940, carte to-
pografiche della zona, lasciapassare in lingua tede-
sca con timbri del Comando delle SS, un po' di cose d'oro e d'argento, poca roba e pezzi di ricambio
per una radio ricetrasmittente. Niente altro.
Allunga il foglio e Sarti Antonio, sergente, l'afferra, prima di sedersi su una delle cinque sedie
impagliate che stanno dentro la grande sala naturale sotto il letto del ruscello e sotto la sorgente di
acqua solforosa. Della maledetta acqua solforosa.

19. La storia continua... e sembra quasi
    arrivata alla fine... compreso il nome
    dell'assassino...

– Hai bisogno, sergente? – Sarti Antonio quasi
non lo sente: ha in mano il foglio e si guarda attorno con aria ebete. Poveretto! Ma vorrei proprio vedere voi. Il giunco gli ripete, vicino all'orecchio:
– Hai bisogno, sergente? – Lui non la degna di
uno sguardo. Felice Cantoni, agente, è lassú che
continua a urlare: – Sergente!
– Lasciami in pace!
– Aspetto qui?
– Aspetta lí! Dove vuoi andare? Aspetta lí! Cristo! E lasciami in pace per un po'! – Sarti riflette
a voce alta:
– Vorrei sapere cos'è questa storia... – E il giunco:
– Vorrebbe sapere cos'è questa storia. Spiega-
gliela –. Sarti ha in mente qualche cosa da dirle.
Si volta, ma il giunco si è appena tolto il maglione
di lana a collo alto e se ne sta a petto nudo, a la-
varsi il viso a due metri da lui. Il sergente non ricorda piú cosa avesse in mente di dirle. Lascia perdere e ricomincia a parlare a voce alta:
– Ecco come devono essere andate le cose: Giacinto Gessi, Mandini Gaetano e Giorgio Celli vengono alla sorgente. Non si sa come, uno dei tre scopre questo posto... – Rosas interviene:
– Te lo può dire Giorgio Celli come l'hanno sco-

perto –. Ma Sarti Antonio è partito e non lo ascolta neppure:

– ... uno dei tre scopre questo posto che doveva servire di rifugio a qualche brigata partigiana,
durante la guerra.

– Bravo –. Sarti Antonio, questa volta, risponde, gentile:

– Bimba, perché non ti fai fottere? – Il giunco
gli risponde:

– Già fatto, biondino. Già fatto –. Si rinfila il
maglione di lana a collo alto e gli sorride in faccia.
Lui la lascia perdere.

– Sei ancora lí, sergente? – Sarti Antonio se la
prende con Felice. Urla da farsi male alla gola:

– No! Non ci sono piú! Sono morto! Vuoi la-
sciarmi in pace?

Rosas ha ripreso a fischiettare, seduto all'ingresso della grotta, con le gambe penzoloni nel
vuoto. Il giunco si siede di fronte a Sarti, gomiti
appoggiati al tavolo, viso appoggiato alle mani e lo
guarda.

– Se le cose sono andate cosí, è chiaro che quello dei tre ancora vivo ha fatto fuori gli altri per te-
nersi questa specie di... di piccola ricchezza. Giorgio «frusta» Celli, quel figlio di...

Rosas interviene:

– Questa specie di ricchezza, come la chiami tu,
oggi non vale niente. I soldi sono fuori corso, l'oro
e l'argento varranno, a dire molto, cinque o seicentomila lire...

– C'è gente che accoppa anche per ventimila lire! Cosa ne sai tu di quello che può pensare un
mezzo matto come «frusta»? Uno che non ha mai
avuto un soldo da spendere... Sono sicuro che le
cose stanno cosí!

Sarti si alza e va a frugare nella cassa:

– C'è anche un valore numismatico o come diavolo si dice! Questi soldi del 1940 possono essere un piccolo capitale per un collezionista. Cosa ne sai tu?

– E cosa ne può sapere «frusta»? – Il sergente si guarda ancora attorno e riprende:

– A vendere quello che si trova qui, magari un pezzo per volta, c'è da diventare dei signori.

– Te lo immagini Giorgio Celli che va al mercato con la mitragliatrice sulle spalle a venderla?

Sarti Antonio, sergente, ha deciso di non ascoltarlo piú. Per lui il caso è chiaro. Chiaro e chiuso. Si sente piú sollevato di quando, questa mattina, è uscito dal poligono di tiro. È contento, insomma. Ha fretta di vedere Raimondi Cesare, ispettore capo.

Va all'imboccatura della grotta e urla:

– Felice! – Nessuna risposta.

– Felice! – Si sentono dei passi affrettati:

– Sí, eccomi!

– Dove ti sei cacciato? Vai all'auto 28 e chiama la centrale. Fai venire qui Raimondi Cesare.

– Lo faccio venire qui?

– Lo fai venire qui! Parlo turco?

– Tu resti lí, sergente? – Sarti Antonio, comincia ad arrabbiarsi:

– Felice Cantoni, muoviti, prima che venga su io a prenderti a calci nel culo! – Rosas si alza. Dice:

– Noi ce ne andiamo, sergente. Buon lavoro.

– Te ne vai adesso? Non aspetti l'ispettore?

– Non ho nessuna voglia di rivederlo. Ne ho avuto abbastanza l'altr'anno: goditelo pure tu.

– Come gli spiego che ho scoperto…?

– Digli che hai ragionato e sei venuto qui…

– E tu...

– A me non mi promuovono e non mi aumentano lo stipendio per questo... Non sono un questurino. Mi basta aver trovato la base della brigata partigiana di Volpe. Sono stati uccisi tutti e noi gli abbiamo fatto un bel monumento. Ma nessuno ha mai saputo dove fosse la loro base. Adesso lo sappiamo –. Rosas esce dalla grotta. Il giunco lo raggiunge, dopo aver sorriso al sergente:

– Ciao sergente. In gamba, mi raccomando.

Lo lasciano solo a ragionare:

– Non c'è altra ipotesi. Non c'è altro ragionevole motivo. Io lo farò cantare quel Celli! – Si è anche dimenticato di ringraziare Rosas. Chissà a quello chi glielo fa fare?

Sarti Antonio continua ad arrovellarsi ancora per molto tempo, finché non sente Felice Cantoni, agente:

– Sergente, sergente, sei ancora lí?

– Cosa c'è?

– C'è che Raimondi Cesare, ispettore capo, ti manda a dire che se hai bisogno di lui, sai dove trovarlo e che il suo ufficio è sempre aperto.

– Digli che... Niente. Arrivo!

Esce. Ma non trova piú la fune che gli è servita per scendere. Urla:

– Che scherzi sono, Felice? Buttami la fune! – Ancora passi di sopra, poi:

– Non... non la trovo, sergente. Non c'è proprio.

– Come non c'è? Guarda bene, Cristo! Ci dev'essere un albero con una fune, alla tua destra...

– C'è l'albero, ma non la fune –. Sarti Antonio non sa piú cosa dire. E avrebbe dovuto ringrazia-

re Rosas? Un pugno sul naso, altro che ringrazia-
menti!

Magari quando chiederà a Rosas perché si è portato via la fune, quello è capace di rispondergli che
la fune era sua...

– Hai una corda in macchina?

– Mai avuto corde in macchina.

– Figurati! Va in paese a trovarne una lunga e
robusta.

– Vado.

– E non dire niente a nessuno!

– Vado!

– Sbrigati.

– Vado! – Va. Sarti Antonio, sergente, comincia a pensare al rapporto che presenterà a Raimondi Cesare, ispettore capo. Dovrà restare a bocca aperta! Tempo per pensare ne ha quanto vuole: infatti di Felice Cantoni, agente, dopo un paio
d'ore, neppure l'ombra. E ne passano di ore, ne
passano tante che diventa scuro e a Sarti Antonio,
sergente, monta dentro una certa incazzatura.
Ogni tanto urla, verso la cima:

– Cantoni, Felice Cantoni! Ti pigliasse un acci-
dente, dove sei finito?

È buio pesto! Non si vede da qui a lí, quando
Sarti Antonio sente che qualcuno si muove là sopra. Ma non chiama. È talmente incazzato che non
gli rivolge la parola; ma neppure quel tale che si
muove là sopra sembra abbia voglia di parlargli.
Cerca di sporgersi piú che può e lo vede. Cioè: vede un'ombra che sta scendendo, appesa a una fune, o a una scala di corda. È un'ombra piuttosto
grossa: grossa, alta e nera. Tutte le ombre sono nere, specie se non c'è luna e si è in un bosco fitto di
alberi. Ma quella è alta piú del normale e grossa

piú del normale. Il sergente si ficca nel fondo della grotta e aspetta: gli viene in mente che ha in tasca la rivoltella.

La prende e si sente piú tranquillo. Adesso aspetta gli eventi, che sono questi: l'ombra alta e grossa si staglia sull'ingresso della grotta e indugia un poco. Poi un raggio di luce comincia a frugare nell'oscurità. Se arriva in faccia a Sarti Antonio, sergente, ne succedono delle belle. Ma il proprietario della pila e dell'ombra va deciso verso la cassa: è uno che conosce bene il luogo, da come si muove senza preoccupazione. Adesso Sarti Antonio, sergente, pensa che sia ora di andare a vedere di chi si tratta ed è anche sicuro che si tratta dell'assassino. È sicuro che si tratta di Giorgio Celli «frusta». Si muove e ordina:

– Fermo lí Giorgio Celli! Se ti muovi sei fritto –. Ma quello non ci crede: spegne la pila e vola (veramente sembra che voli) verso l'ingresso. E Sarti Antonio, sergente, è costretto a sparare. Cioè: vorrebbe sparare, ma non può perché sei delle nove pallottole che gli avevano venduto la mattina le ha messe nel centro della sagoma e le altre tre, attorno alla sagoma stessa, per cui, adesso, non ne ha piú neppure una da regalare all'ombra che se ne sta volando via. E se ne ricorda solo adesso! Non gli resta che provare con quello che trova a portata di mano: gli lancia contro un mitra che precipita nel fondo della cascata, senza neppure sfiorare il tipo. Sarti Antonio, sergente, inciampa un po' dappertutto e quando arriva fuori vede che l'ombra è già salita e ha ritirato la scala (o la fune) che era servita per scendere. Bestemmia come un turco. Ha ancora in mano la rivoltella.

– Cantoni Felice! Fermalo! Fermalo! Viene dal-

la tua parte! Spara! Spara! – Gli risponde il silenzio della selva oscura. Se questa la racconta,
non la credono!

Cosí non la racconta quando (chissà che ore sono già!) arriva Felice Cantoni, agente, con una fune e una lampada.

– Sei ancora lí, sergente? – Sarti non dice niente. Si arrampica piú in fretta che può, guarda in
faccia Cantoni Felice e gli chiede sottovoce, proprio davanti al naso: – Dove sei stato?

– Mi dispiace. I negozi erano chiusi e ho dovuto cercare la fune in tutto il paese... Mi dispiace!
Poi ho anche forato, tornando qui: non è stata colpa mia... Proprio mi dispiace. Ho dovuto cambiare la gomma da solo e al buio...

Sarti si chiude nel suo doloroso silenzio e si avvia verso l'auto 28.

Lo aveva in mano: aveva la soluzione in mano e
se l'è lasciata scappare. Bestia.

20. La storia continua… e sembra quasi arrivata alla fine, compreso il nome dell'assassino… quando, invece, si complica ancora di piú

Raimondi Cesare, ispettore capo, alza gli occhi dal rapporto: gli luccicano che è un piacere guardarlo. Sarti Antonio, sergente, ci ha lavorato tutto il resto della notte e la mattina, ma è convinto che ne valesse la pena. Domanda: – Allora?
– Bene, molto bene, sergente. Mi compiaccio! È vero, come si dice… bel lavoro!
Torna a leggere le ultime righe. Dice:
– Procedi pure: va da questo Giorgio Celli, detto «frusta» e portamelo qui. Io, intanto, mi faccio preparare i documenti che servono per la sua incriminazione… L'importante è che lo portiamo qui dentro, è vero, come si dice: dopo me lo lavoro io… Bene, molto bene, sergente.
È la seconda volta che gli dice «molto bene». E intanto gli luccicano gli occhi. Lo lascia lí a piangere sul rapporto e scende. L'auto 28 e Felice Cantoni, agente, aspettano Sarti in strada ma, prima, ci sta un caffè, anche se non è buono come quello che si farebbe lui in casa. Uno per Sarti Antonio, uno per Felice Cantoni, uno per me e uno da portare in ufficio a Raimondi Cesare, ispettore capo. E che sia ben caldo! Paga tutto Sarti Antonio! Dopodiché saltiamo dentro l'auto 28, e via a sirena spiegata, verso Pieve del Pino.

Avete mai viaggiato su un'auto a sirena spiegata? È proprio bello: tutti si fermano, si fanno da parte e vi guardano passare. C'è da sentirsi qualcuno! La gente, magari, vi vede seduto dietro e pensa che siate una persona importante. Invece...

Prima di arrivare al paese, Sarti Antonio fa togliere la sirena e passa davanti alla casa del dottore, sparato. Si fa anche più corto, dentro l'auto 28 e si ferma solo quando è arrivato nel cortile della casa di Giorgio Celli «frusta». Ci va che è giorno, cosí, almeno, potrà guardarlo in faccia, questo mezzo scemo, assassino e ladro! Gli è scappato questa notte, ma oggi non gli scapperà! Nella prima camera (nel primo vano, che non si può chiamare camera) trova solo una gran confusione: sedie rovesciate, cassetti aperti, cose sparse per terra. Nell'altra camera (vano) è la stessa situazione, solo che, proprio nel mezzo, in piedi a guardarsi attorno, c'è Rosas. Sarti Antonio, sergente, chiede:

– Sei diventato matto anche tu? Cosa ti è saltato in testa?

– Sergente, sono arrivato da venti secondi.

Non ha difficoltà a crederlo: d'ora in poi Rosas potrà dire ciò che vuole: per Sarti Antonio, sergente, sarà vangelo! Ma fa il duro:

– Cosa sei venuto a fare? Possibile che ti trovo sempre fra i piedi? – Rosas si guarda attorno e pensa ai fatti suoi. Per cui Sarti Antonio lascia cadere il discorso, tanto quello non lo ascolta neppure. Comincia a guardarsi attorno anche lui:

– Vorrei sapere cos'hanno rubato... – Rosas scuote il capo:

– Non c'è niente da rubare in questa casa. Lo sanno tutti in paese.

– Dov'è «frusta»?

– Non lo so: sono appena arrivato –. Sarti razzola un po' attorno e poi decide:

– Lo aspetto.

– Anch'io –. E chiede a Rosas: – Perché ti sei portato via la fune, ieri pomeriggio, dalla grotta?

– Perché era mia.

Ci avrebbe scommesso su questa risposta. Cambia discorso e chiede ancora:

– Lo sai che «frusta» è venuto alla grotta, questa notte? – Gli racconta la storia, tutta, anche se Rosas si metterà a ridere. Ma non succede.

Rosas è serio e dice:

– Lo hai rovinato!

– Chi?

– Hai rovinato «frusta»!

– Cosa ti salta in testa?

– Perché sei tanto tardo? Quello non era «frusta»! Ed è come se avessi detto al tipo di stanotte che oggi saresti venuto ad arrestare Giorgio Celli! E lui è arrivato prima di te.

– Tu sei matto! Era «frusta». Era grosso, alto: un bestione.

– Come te! Lo hai visto in faccia? Ti ha fatto vedere i documenti? Il mondo è pieno di bestioni alti e grossi. L'assassino poteva anche non sapere ancora che tu conoscevi la storia dei tre amici e della loro grotta. Adesso possiamo andare.

– Dove?

– A cercare il cadavere di «frusta»! – Rosas è tanto sicuro di quello che va dicendo che Sarti quasi ci crede e vorrebbe rispondere chissà cosa. Ma non ne ha il tempo: l'urlo delle sirene della polizia arriva fin lí. Sarti Antonio, sergente, corre alla finestra e vede le auto passare come fulmini, sulla piazza del paese. Sono due. Corre fuori e Rosas gli va dietro. Saltano sull'auto 28 che Felice Cantoni, agente, fa scattare verso il centro. Arrivano che le due auto della polizia non ci sono piú, ormai. C'è, invece, l'auto di Gianni «Lucciola» Deoni. Sarti gli urla:

– Cos'è successo?

– L'hanno trovato!

– Chi hanno trovato? – Arriva il dottore con una borsa. Dice, in tono che non si discute:

– Mi porti lei! – Sarti si rende conto che il mondo è proprio pieno di bestioni alti, grossi. Come il dottore, per esempio. Chiede: – Dove? – Si ricorda, di colpo, del pezzo di donna che è stata in casa sua e diventa piú accondiscendente.

– Certo, dottore, certo che la porto io. Se mi dice dove...

– Andiamo –. Il medico gli indica la strada, mentre vanno. Dietro segue l'auto di Gianni «Lucciola» Deoni. Sarti Antonio aspetta; aspetta che il dottore si decida e intanto si prepara a rispondere. Solo che non sa cosa rispondere, prima di sapere cosa gli dirà quell'uomo senza un briciolo di moralità. Alla fine, dopo un paio di secondi, il dottore dice:

– Sul conto di chi lo mettiamo? – Sarti Antonio vuol replicare qualcosa di grande, qualcosa che faccia rimanere di sasso il dottore. Qualcosa come: «Sul conto della società che lei rappresenta, dottore!» Oppure: «Sul conto della sua morale, dottore!»

Ma non fa a tempo perché quello si ripete e chiarisce di cosa parla:

– Sul conto di chi lo mettiamo quest'altro cadavere, sergente?

Sarti (coda di paglia) aveva creduto che parlasse della moglie.

FIORI ALLA MEMORIA   143

Ci sono tutti: i fotografi della polizia, quelli della scientifica, «lui», il pretone e un sacco di altra gente nota e ignota.

E c'è anche Giorgio Celli «frusta»: con un palmo di lingua fuori dalla bocca, gli occhi schizzati dalle orbite, il viso violaceo, le mani rattrappite e la frusta stretta, annodata, attorno al collo. O meglio, attorno alle spalle, perché il collo «frusta» non l'ha mai avuto. A vederlo disteso sull'erba e conciato in quel modo, c'è da chiedersi chi abbia avuto la forza di stendere e conciare così quel fascio di muscoli d'acciaio. C'è una donna, in ginocchio, a fianco del cadavere: piange. Anche questa è una cosa strana: che qualcuno (una donna poi) possa piangere per la morte di un tipo che nessuno voleva...

Tutto il bel castello che Sarti Antonio, sergente, aveva costruito, gli crolla ai piedi. Cerca con gli occhi Rosas, ma non lo trova: sparito.

Gianni «Lucciola» Deoni sta già saltando come un grillo da uno all'altro: fa domande a tutti. Il dottore fa il suo mestiere di dottore, come il fotografo fa il suo e quelli della scientifica il loro. Solo Sarti Antonio, sergente, è immobile, inebetito: domani, è sicuro, darà le dimissioni. Forse anche questa sera. O addirittura adesso, visto che «lui», Raimondi Cesare, ispettore capo, gli si fa vicino. Nei suoi occhi c'è scritto: «E ora, pezzo di cretino incompetente? E ora, cosa mi racconti?»

E pensare che solo poche ore prima gli aveva detto, due volte, «bravo sergente». E lui, Sarti Antonio gli aveva mandato un caffè in omaggio. Adesso «lui» gli sussurra:

– Sergente, l'aspetto nel mio ufficio.

Non ci andrà: gli scriverà una bella lettera raccomandata nella quale dirà che, dopo un lungo e travagliato conflitto interiore e dopo un'intensa crisi spirituale e intellettuale, ha deciso che il mestiere del questurino non si addice alla sua mentalità mistica e al suo carattere contemplativo, per cui, rassegna le proprie dimissioni, eccetera, eccetera...

Dopodiché, sul giornale del pomeriggio cercherà l'annuncio di qualche fornaio bisognoso di un garzone per la consegna del pane.

Ma andrebbe bene anche un lattaio.

Se vi capitasse di sentir suonare alla porta e, andando ad aprire, vi trovaste davanti Sarti Antonio che vi consegna il cartoccio del pane, non state a fare tante storie e a dire:

– Come mai? Venga dentro a prendere il caffè…
– e cosí via.

Prendete il pane che vi porge, ringraziatelo con un sorriso e richiudete la porta. Cosí, semplicemente, come se fosse la cosa piú naturale del mondo. E non dategli la mancia, per favore.

Sono tre giorni che non lo vedo; a Felice Cantoni hanno dato un altro sergente (sull'auto 28) che fuma come un turco e gli offre una sigaretta ogni volta che prende in mano il pacchetto. Cosí gli si è infiammata l'ulcera, guida a denti stretti e ha una faccia da morto di fame che innamora.

Raimondi Cesare, ispettore capo, ha atteso Sarti Antonio nel suo ufficio fino a tardi, lo ha cercato a casa, all'ospedale, al manicomio, al ricovero di mendicità senza risultati. Alla fine ha capito che un uomo distrutto ha bisogno di dimenticare e farsi dimenticare. Cosí lo ha lasciato perdere.

In fondo, Raimondi Cesare, ispettore capo, non è un uomo cattivo: certe cose le comprende.

Ho trovato Sarti Antonio da Rosas, in Santa Caterina, sdraiato sul divano, con le mani infilate nei calzoni e premute contro la pancia, la barba di tre giorni e gli occhi infossati come di una persona che non dorme da un bel po'.

Non un cenno, non un saluto.

Se non fosse per gli occhi, che mi seguono quando mi muovo per casa, si direbbe in coma. Ogni tanto si alza e si chiude nel gabinetto. Non parla, respira solamente.

Sul divano, una pila di giornali sgualciti. Rosas mi riferisce:

– Non vuole mangiare.

Non ho niente da dire. Ancora Rosas:

– Per me è impazzito.

Gli preparo una tazzina di caffè: lo faccio meglio che posso e glielo porto. Ne prova un sorso e storce la bocca:

– Fa schifo! – Almeno ha parlato. Vuota la tazzina e me la rende in modo che la possa riempire di nuovo. Beve anche questa. Poi dice:

– Vorrei parlare con Gianni «Lucciola» Deoni...

– Vai al suo giornale –. Sarti scuote il capo, vigorosamente.

– Telefonagli e digli di venire qui –. Nessuno si muove, né Rosas né io. Vorrei che si togliesse da quella tana e andasse a respirare un po' d'aria fresca. Non c'è verso. Dice:

– Per favore! – Al posto mio parte Rosas.

«Lucciola» arriva con i capelli diritti:

– Stavo lavorando. Cosa dico al direttore? Cosa gli dico? C'è da finire la cronaca... Ci sono tante cose da finire, prima di andare in macchina... Cosa dico al direttore? – Poi vede che c'è anche Rosas e la smette. Quei due non si sono mai sopportati. Può essere perché hanno gli occhiali tutti e due?

Un po' di broda calda anche a lui che la manda
giú senza neanche sentirne il sapore. Si vede che
ha proprio fretta: non sta fermo un attimo. Avrà
pulito gli occhiali dieci volte, da quando è entrato.

– Devi raccontarmi tutto, – dice Sarti.

«Lucciola» si arrabbia. Non capita spesso:

– Per questo mi hai fatto venire? Per questo?
Ma se c'è scritto lí! – Afferra i giornali dal divano e li butta a terra.

– C'è scritto tutto! Non potevi leggerli?
Sarti Antonio si siede:

– Voglio sapere anche quello che non hai scritto.

– Non ho tempo. Vuoi capire? Il direttore mi
spara... – Ma intanto anche «Lucciola» si è seduto. Pulisce ancora gli occhiali e guarda Rosas che
lo guarda e aspetta anche lui. Comincia:

– Cosa vuoi sapere?

– Tutto da quando hanno trovato Giorgio Celli accoppato.

– Raimondi Cesare non mi ha detto niente,
quelli della scientifica non hanno aperto bocca...
Non sono riuscito a sapere niente di niente. Ho
parlato solo con la donna, prima che le ordinasse-
ro di tener chiuso il becco. Anche con i giornalisti. Dimmi tu come si può fare il nostro lavoro, in
queste condizioni...

– Cosa ti ha detto la donna?

– Che aveva appuntamento con Giorgio Celli
proprio dove lo ha trovato cadavere.

– Lo ha trovato lei? – Gianni «Lucciola» Deoni, alza ancora la voce:

– C'è scritto tutto lí! Certo che lo ha trovato
lei! Pare che fosse la sua donna...

– Quel demente aveva una donna... Da non credere! – Rosas, sottovoce:

– E aveva anche degli amici: da non credere anche questo.

– Dunque, aveva appuntamento e quando c'è andata lo ha trovato morto.

– L'ho letto: voglio sapere qualche cosa che non hai scritto!

Sarti Antonio, sergente, si sta svegliando. «Lucciola» è arrivato al momento della grande confessione:

– Dice di aver visto una donna scappare tra gli alberi, mentre lei arrivava.

– Un'altra donna?

– Cosí dice.

– Perché non lo hai scritto?

– La polizia non vuole. Dice che è per facilitare le indagini.

Se ne stanno zitti tutti quanti per un bel po' di tempo, poi Gianni «Lucciola» Deoni riprende il dialogo:

– Devo tornare al giornale, adesso. Chissà com'è nero il direttore…

Nessuno gli dà retta, e lui rimane seduto sul divano, vicino a Sarti, Rosas dal suo angolo domanda:

– Come può aver fatto una donna a strozzare quell'uomo? Te lo ha spiegato Raimondi Cesare, ispettore capo? – «Lucciola» fa segno di no con la testa e poi dice:

– Vi ho raccontato quello che sapevo; e adesso vorrei saperne di piú su quella grotta della brigata Volpe.

Sarti Antonio si fruga in tasca e porge a Gianni «Lucciola» Deoni la nota che Rosas aveva compilato nella grotta. Legge e poi:

– Nient'altro?

– Nient'altro –. Rilegge e alla fine dice:

– Manca qualcosa.

– Cosa?

– Non lo so: ma qui non c'è nulla che possa giustificare tre omicidi –. Rosas ha cominciato a fischiettare, ma smette subito per dire:

– L'amico del cuore di Giacinto Gessi potrebbe sapere cosa manca.

«Lucciola» Deoni si alza di scatto:

– È vero! Non ci pensavo piú all'amico. Troviamolo!

Sarti Antonio è sempre abbattuto:

– Facile! Dove? Non esiste piú! Nessuno lo ha mai visto, tranne Clara; nessuno sa chi sia...

– Eppure c'è –. Rosas sospende ancora il fischio:

– Cos'è andato a fare in chiesa Giacinto Gessi qualche sera prima di essere ucciso? Il prete ha detto: «qualche sera prima che succedesse, l'ho trovato qui, in chiesa, inginocchiato a pregare... È molto strano perché, tranne la domenica mattina, non l'avevo mai visto in chiesa...» Ha detto cosí o no?

– Lo avrà detto, se tu lo ricordi...

– Lo ha detto! E ha detto anche: «i genitori mi hanno dato la chiave. Dicono che, dopo il sopralluogo della polizia, non è piú entrato nessuno in quella camera. Neppure loro». Si stava parlando della camera di Giacinto Gessi.

Aspetta la conferma di Sarti Antonio, sergente, che non viene:

– Ma le scarpe di Giacinto Gessi, anche se nessuno ci era piú entrato, si trovano in quella camera, sotto una sedia. Chi le ha portate? Non credo che sia stata la polizia durante il sopralluogo.

Sarti Antonio comincia a scaldarsi. Dice:

– Non credo proprio. Allora?

– Che?

– Fuori tutto quello che sai o che credi di sapere.

– So quello che sai tu.

– Fuori lo stesso –. Gianni «Lucciola» Deoni ha preso, da chissà dove, un blocco per note. Rosas dice:

– Scrivi! Primo: i tre scoprono la base della brigata di Volpe. Secondo: uno dopo l'altro vengono assassinati. Terzo: chi li uccide può farlo tranquillamente, in tutta calma, senza dover lottare con le vittime. Quarto: prima di essere ucciso, Giacinto Gessi torna alla base della brigata Volpe, di notte. Questo è sicuro perché le tracce di acqua solforosa trovate nel suo stomaco lo dicono chiaramente. Lo accompagna qualcuno? Sí, perché, se no, a che scopo andarci di notte? Lo accompagna qualcuno che non vuole essere visto in giro con Gessi. Quinto: sul secondo cadavere si trova un biglietto, scritto dal Gessi, nel quale si dice: «per quella cosa che sa lei, venga questa sera alla Pioppa. Giacinto Gessi». È chiaro che si tratta del biglietto che Gessi aveva inviato alla persona che lo avrebbe accompagnato nella visita notturna alla base di Volpe. Lo stesso biglietto è poi servito all'assassino per attirare Gaetano nella trappola e ucciderlo. Sesto: il terzo a morire è Giorgio Celli «frusta». Ma quando viene ucciso? Non appena l'assassino si rende conto (grazie a te, sergente, che urli il nome di «frusta» proprio davanti all'assassino in visita alla base di Volpe) che la polizia è già sulle tracce di Giorgio Celli. Lo fa fuori tranquillamente, in tutta comodità, senza lottare per evitare che dica qualcosa che non deve dire. Da cui: l'omicida era ben conosciuto da «frusta» e dagli altri due. Non solo, ma dev'essere una persona talmente insospettabile da poter uccidere senza che le vittime se l'aspettino. Settimo: qualcuno sapeva che «frusta» doveva trovarsi con la sua donna. Ecco perché è andato all'appuntamento anche lui. Ottavo: l'assassino (o l'assassina) è uno (o una) che sa tutto dei protagonisti della nostra storia e forse qualcosa in piú. Nono: cosa poteva esserci di tanto interessante nella base della brigata Volpe da giustificare tre assassinii, ammesso che si fermino lí? Decimo: nessuno può dircelo, perché i componenti della brigata di Volpe sono stati uccisi tutti in quella maledetta gola; ma è chiaro che, di qualunque cosa si tratti, l'assassino (o l'assassina) non ne è ancora venuto in possesso. Se no, perché avrebbe messo sottosopra la casa di «frusta»?

Cosí finisce la chiacchierata di Rosas; Gianni «Lucciola» Deoni fissa gli appunti, mentre Sarti Antonio, sergente, guarda Rosas senza vederlo perché ormai è diventato scuro e nessuno si è preoccupato di accendere la luce. Ha un sorriso sulle labbra e dice:

– Io credo di sapere dove vuoi arrivare: credo proprio di saperlo. Ma se è cosí, ci sarà poco da stare allegri. A Raimondi Cesare glielo dirai tu, questa volta... – Gianni «Lucciola» Deoni prende la parola:

– Se ho capito bene, la persona che forse sa tutto dei tre amici, potrebbe essere quel tale, capelli grigi, distinto, alto e sempre molto elegante, che frequentava via Solferino numero 10. Posso scriverlo?

– Scrivi quello che ti pare: sono deduzioni tue.

Gianni «Lucciola» Deoni continua:

– E chi, se no? Giacinto Gessi racconta tutto al suo amante: questo è sicuro! Come è sicuro che l'amante era conosciuto anche dagli altri due soci, dal momento che può farli fuori senza destare i loro sospetti, come ha detto Rosas. Quindi è uno del paese.

La sua voce si spegne perché non ha piú niente da aggiungere. Rosas che chiude:

– Se non è come dice «Lucciola»...

– E non chiamarmi «Lucciola»...

– Se non è come dice «Lucciola», presto c'è la possibilità che troviamo un altro cadavere, dai capelli grigi, distinto e sempre molto elegante...

Sarti Antonio, sergente, sghignazza fra sé: ha già le sue idee:

– Non credo. Non credo –. Adesso sa chi era l'amante di Giacinto Gessi «casa e chiesa», sa chi è il tipo insospettabile, molto conosciuto dai tre, che va in giro a spaccare teste e ad artigliare gole, senza che i proprietari delle teste e delle gole alzino la minima protesta. Sa che domattina, quando mostrerà una certa fotografia a Clara, questa dirà:

– Sicuro! È lui! È quel tale che veniva con Giacinto Gessi, è quel tale...

È pronto a giocarci un mese di stipendio. Anche un anno.

C'è solo un particolare che non quadra: la donna che l'amica di Giorgio Celli avrebbe visto scappare fra gli alberi. Ma si può essere sbagliata e nell'oscurità può aver visto semplicemente un uomo, magari con il cappotto, anche se non è proprio la stagione. Sarti si alza e dice:

– Rosas sei in gamba. Saresti un poliziotto coi fiocchi. Mi porti a casa, «Lucciola»? – Esce. Sulla porta si ferma un attimo e dice ancora:

– O mi mettono dentro per ingiurie a pubblico ufficiale e vilipendio alle forze armate, o mi danno un encomio solenne con aumento di stipendio.

22. Chi lo avrebbe mai immaginato?

A questo punto, se non siete proprio tonti, avrete già capito a chi allude Sarti Antonio. Se non lo avete capito, venite con me (che non ho ancora capito) e vediamo cosa succede. Il sergente telefona alla centrale e dice: – Pronto. Sono Sarti, passami il capo. Pronto. Sono Sarti...

– Dove diavolo, è vero, come si dice... – Il sergente urla per interromperlo e per farsi intendere:

– Ho bisogno di una macchina fotografica di quelle che danno subito la foto stampata e di Felice Cantoni con l'auto 28. Questa sera ho l'assassino in mano. Parola mia –. Non voleva, ma l'ha detto! Vada come vada, c'è sempre un posto di garzone che lo aspetta. All'altro capo del filo si sente, piano, sottovoce:

– Attento a quello che fai, Sarti Antonio. Questa è l'ultima volta che ti ascolto. Cerca di non combinare altri guai, è vero, come si dice...

Sette minuti dopo sotto casa c'è Felice Cantoni, agente, che gli suona il campanello. Sarti scende e chiede:

– Hai la macchina fotografica?

– Non c'è!

– Perché?

– Devi andare a firmare il buono di prelievo.

– Non lo poteva firmare «lui»?

– Ha detto che chi firma è responsabile della macchina e con te non si è mai sicuri di niente. Se la vuoi...

– Non lo potevi firmare tu? – Felice Cantoni resta pensieroso: – È vero. Non ci ho pensato... – Sarti Antonio, sergente, si arrabbia: – Che branco di... E protestano se i delinquenti possono fare i delinquenti. Che branco di...

– Andiamo in economato a prendere la macchina fotografica?

– No! Non la voglio la loro macchina. Faccio senza. Andiamo da «Lucciola» –. Vanno.

«Lucciola» sta ancora a letto perché lui lavora in redazione fino a tardi, la sera. Lo svegliano e Sarti gli dice: – Vieni: portati una macchina fotografica di quelle che sviluppano e stampano immediatamente...

– Io non ho una macchina. Se è importante, porto un fotografo. Il direttore non mi ha mai negato un fotografo.

– Non lo voglio! Non voglio testimoni. Ho bisogno di te perché di te mi fido. E basta. Chiedi al giornale una di quelle macchine che ti ho detto...

Quando esce dalla redazione Gianni «Lucciola» Deoni ha la macchina fotografica tanto cara a Sarti, completa di flash. Chiede: – Dove andiamo? – Sarti Antonio non gli risponde. In macchina gli racconta quanto segue:

– Mi serve un primo piano del maresciallo dei carabinieri di Pieve del Pino. Ti presenti, fai l'intervista, la fotografia e mi porti il materiale.

– Tu pensi... tu pensi che «capelli grigi, distinto, alto e molto elegante» sia lui?

– Ne sono sicuro! Ma voglio stare tranquillo,

questa volta. Se mi va male, nessuno lo deve sapere, capito? Nessuno! – «Lucciola» ha capito, ma chiede:

– Cosa invento per fotografarlo?

– Quello che ti pare! Chiedi al maresciallo notizie dei tre omicidi, come mai se ne occupa la centrale e non lui... Devo insegnarti il mestiere io?

– Ecco come stanno le cose! È chiaro: il maresciallo sa tutto dei tre perché è l'amico intimo e segreto di Giacinto Gessi; non desta sospetti e può ucciderli tranquillamente senza che se lo aspettino. E chi sospetterebbe di un maresciallo dei carabinieri?

Pensa, mentre l'auto 28 vola verso Pieve del Pino. Dopo un po', chiede: – Ma perché?

– Perché cosa?

– Perché li avrebbe uccisi?

– Non lo so, ma Giacinto Gessi deve aver nascosto in chiesa il motivo. E lo troverò!

Nessuno parla piú fino a Pieve del Pino. Sarti Antonio, sergente, dice a «Lucciola», prima di lasciarlo:

– Ti aspetto dal prete. Io, intanto, vedo di trovare qualcosa in chiesa...

Il prete sta parlando con due carabinieri, proprio davanti alla chiesa. Appena lo vede, gli corre incontro. È molto agitato e di conseguenza, è anche ridicolo. Il pretone sbuffa:

– Ecco... Proprio lei! Vede... è... è una cosa incredibile! È un sacrilegio! Io... io non capisco... – Si asciuga il sudore con un fazzoletto che tiene in mano e che tormenta continuamente.

– Ecco... proprio lei! Venga, venga a vedere... È una cosa incredibile! – Gli fa strada verso l'interno della chiesa. I due carabinieri li seguono.

Avete mai visto una chiesa sottosopra? Voglio dire: una chiesa con tutte le sedie a gambe levate, le panche rovesciate, i cristi e i quadri staccati dalle pareti, i drappi, i nastri e le madonne buttati qua e là? Io l'ho vista lí, per la prima volta.

– La casa del Signore... Mio Dio! – E continua con il suo rosario. Direi che sta per mettersi a piangere.

Sarti Antonio, sergente, se non fosse in chiesa e alla presenza di un prete e di due carabinieri, bestemmierebbe volentieri. Chiede:

– Quando è stato? – Ma non gli interessa molto. Gli interessa il fatto che, se lí dentro c'era il motivo dei tre omicidi, adesso non c'è piú.

È chiaro.

– Questa notte. E nessuno... nessuno si è accorto di niente! È incredibile... La casa del Signore...

Sarti Antonio, sergente, mostra la tessera all'appuntato dei carabinieri e gli chiede: – Niente?

– Niente. Nessuna traccia, niente scasso, non è stato rubato niente...

– Sacrilegio, ecco. Vandalismo. Oh Dio, signore!

– Da dove sono entrati? – L'appuntato si stringe nelle spalle:

– Non lo so. Potevano essere già dentro quando il prete ha chiuso la chiesa.

– Il maresciallo cosa dice?

– Il maresciallo è a letto con la febbre!

Ecco. Questa è buona. Magari ha anche un certificato medico. Sarti Antonio, sergente, sa bene che è stato lui a entrare in chiesa, questa notte. Ma il dottore, magari, è disposto a giurare che il maresciallo non era in condizioni di lasciare il letto.

Maledetto paese! Maledetti abitanti del maledetto paese! E maledetto dottore, maresciallo, farmacista, meccanico! Maledetti tutti! Ci mette dentro anche il prete, perché gli dà fastidio il suo piagnucolio!

Sarti senza salutare nessuno va alla caserma dei carabinieri e aspetta. Gianni «Lucciola» Deoni esce, dopo un secolo, e sale sull'auto 28.

Riferisce: – Me ne ha dette di tutti i colori.

– La foto?

– È a letto con la febbre; non posso fotografare uno a letto e dirgli che mi serve per il giornale...

– Ti pigliasse un colpo! Mi serve quella foto! – Gianni «Lucciola» Deoni gli mette sotto il naso una foto, formato tessera, con sopra appiccicato il maresciallo dei carabinieri con tanto di cravatta, giacca e camicia bianca. Niente da dire; «Lucciola» sa fare il suo mestiere, quando non c'è di mezzo il direttore. Dice:

– Me l'ha data lui, visto che si tratta di metterla sul giornale –. Tornano in città.

Il sergente suona al numero 10 di via Solferino e appena Clara «burro» apre la porta, le sbatte sotto il naso la foto e la guarda bene in faccia, per le sue reazioni. Aspetta che si decida. Clara «burro» ha un vago sorriso sulle labbra, come sempre. Poi dice:

– Sicuro! È lui. È quel tale che veniva con Giacinto Gessi. Io, quando ho visto uno, non lo dimentico piú, non lo dimentico...

Sarti Antonio, sergente, avrebbe vinto uno stipendio, se qualcuno se lo fosse giocato con lui.

– Ma come ha fatto a trovarlo, sergente? Che bravo! Ma come ha fatto?

– Tu non devi aprire bocca con nessuno, se vuoi

continuare la tua attività! Non sai niente e io non sono venuto, capito?

Lei fa sí con il capo e sorride a «Lucciola»:

– Oh, carino, sei tornato? – Si fa da parte e lascia uscire una «lavorante» che ha finito il turno. Sorride a tutti, prima di uscire. Lasciano Clara «burro» lí, sulla porta e se ne vanno. Adesso si deve decidere che fare. Non è facile!

Sarti Antonio guarda in faccia Gianni «Lucciola» Deoni che lo guarda in faccia. Tutti e due si stringono nelle spalle.

– Devo spiegare a Raimondi Cesare, ispettore capo, perché un maresciallo dei carabinieri, pederasta, ha ammazzato tre persone: devo dargli delle prove e un movente! Non mi basta la testimonianza di una ex prostituta, affittacamere e sfruttatrice di ragazze per bene. Non basta proprio!

La radio sfrigola e chiama le auto sparse per la città.

Felice Cantoni, agente, chiede:

– Allora, sergente?

– In via Santa Caterina. Andiamo a dare conferma a Rosas...

La porta è accostata, come al solito e lo trovano
sdraiato sul divano che legge un libretto piccolo e
scuro, scritto a mano: appunti di chissà chi. Appena ci vede entrare (tutti e quattro: Felice Cantoni,
agente, Sarti Antonio, sergente, Gianni «Lucciola» Deoni, giornalista e il sottoscritto, nullatenen-
te), lascia cadere il libercolo sul petto e dice:
   – Buongiorno a tutti. Avrei proprio voglia di un
buon caffè. Di quelli che sai fare tu, sergente –.
Sarti Antonio conosce ormai tutto di quella casa
e, mentre gli altri si sistemano alla meglio da qualche parte (io devo sedermi in terra), va in cucina
e si dà da fare col caffè. Intanto dice:
   – Avevi ragione: Clara lo ha riconosciuto. Adesso si tratta di trovare il movente, perché se vado
da Raimondi Cesare, ispettore capo, e gli dico che
è stato il maresciallo dei carabinieri a uccidere i
tre, ma non gli porto delle prove precise, quello mi
fa legare e mettere in manicomio... – Vorrebbe
continuare, ma Rosas gli urla:
   – Cosa c'entra il maresciallo?
   Sarti ha già messo il caffè sul fuoco, gas al minimo (è importante per un buon caffè), e quindi
può tornare di là. Ha capito solo adesso che Rosas
non ci era ancora arrivato.
   – Il maresciallo... Non lo sapevi? Allora i tuoi

dieci comandamenti erano una semplice esposi-
zione di fatti che tu ci hai elargito per far mostra
di intelligenza... Il maresciallo è quel signore
dai capelli grigi, distinto, alto e sempre molto elegante, che frequentava la casa di Clara in compagnia di Giacinto Gessi «casa e chiesa»! Non lo sapevi? – Farebbe dei salti di gioia. Li farebbe perché il viso di Rosas è spalancato alla meraviglia.
Autentica! Rosas ripete:

– Il maresciallo... Chi lo avrebbe mai detto.

– Io! – E torna in cucina a vedere il suo caffè:
non gli piace infierire su Rosas. Anche perché lui
(Rosas) non ha mai infierito su di lui (Sarti). E poi,
il caffè va curato, mentre sale, se si vuole veramente un buon caffè.

Quando torna, Rosas ha ripreso a leggere nel suo
libretto di appunti. Porge con garbo la tazzina. Rosas sorseggia, senza lasciare il libro. Dice:

– Sentite un po' qua: «Dodici aprile. La radio
ricevente continua a non funzionare. Ogni tenta-
tivo di ripararla è stato vano. Il "Grigio" ha ri-
nunciato. Non ci voleva. Ora che stanno per arrivare e c'è, piú che mai, la necessità di stare in contatto con loro. "Pensa" è tornato con le notizie:
dal paese niente di nuovo. Nessuno sospetta quello che sta per succedere. I "tognini" sono tran-
quilli. Lo saranno ancora per poco...»

Sarti Antonio, sergente, ha fretta di concludere:

– Molto bello. Ma ascolta adesso: il maresciallo
è stato in chiesa, l'ha semidistrutta e suppongo che
abbia trovato quello che cercava e che Giacinto
Gessi vi aveva nascosto. Cosí non ho niente su cui
basare le accuse –. Rosas scuote il capo e riprende
la lettura, a voce alta:

– «Tredici aprile. È necessario ristabilire i contat-

ti con gli alleati. Qualcuno dovrà rischiare. Non sono tanto lontani; ma tutte le strade sono sorvegliate
e i sentieri sono controllati... Dobbiamo metterci in
contatto a ogni costo, se vogliamo che l'operazione
riesca e se dobbiamo sapere esattamente quando sarà
il momento, per noi, di uscire a dare man forte al loro attacco frontale. La nostra azione è indispensabi-
le per liberare Bologna. Ho convocato una riunione
di tutti i compagni per discutere la situazione».

Si ferma e aspetta che qualcuno prenda la parola, ma i convenuti hanno altri pensieri per la testa,
si direbbe. Non si sente volare una mosca. Allora
Rosas continua:

– Può darsi, anzi è sicuro (visto che lo dici tu e
lo conferma Clara) che il maresciallo sia stato
l'amico di Giacinto Gessi, ma è anche sicuro (e
questo te lo dico io) che l'assassino non è lui!

Questo discorso dà fastidio a Sarti Antonio,
sergente, che rizza subito le orecchie:

– Cosa, cosa?

– L'assassino non è lui perché: primo, il maresciallo, pur sapendo tutto di Pieve del Pino, non
poteva sapere dell'appuntamento fra Giorgio Celli e la sua donna e quindi non poteva esserci andato. Secondo: chi ha ucciso «frusta» portava la
sottana. Terzo: il maresciallo non è mai entrato
nella camera di Giacinto Gessi né per riportarvi le
scarpe infangate, né per frugare alla ricerca di quello che interessava l'assassino. Quarto: non lo dico
io, lo dice questo!

Rosas mostra il libretto che sta leggendo. A Sarti viene un sospetto che gli fa corrugare la fronte.
Chiede:

– Cos'è? – Rosas gli sorride e annuisce. Sarti
Antonio, sergente, continua:

– Lo hai trovato... lo hai trovato in chiesa. Sei stato tu che hai buttato sottosopra la chiesa? – Rosas torna a dedicarsi al libretto. Dice solamente:

– È il giornale di Volpe. C'è tutto quello che mancava al nostro quadro –. Sarti Antonio, sergente, non sa come finirà questa storia, ma è certo che Rosas non la passerà liscia, quando «lui», Raimondi Cesare, ispettore capo, saprà tutta la cronaca degli avvenimenti, compresa la visita notturna alla chiesa di Pieve del Pino.

– Sei stato in chiesa e l'hai messa sottosopra... Sei stato tu! Questo significa... significa... Come sei entrato? – Rosas alza gli occhi piú innocenti del creato, e dice:

– Io non mi sono mosso di qui per tutta la notte. Ho anche dei testimoni. Il giornale di Volpe l'ho trovato questa mattina nella mia cassetta della posta.

– Non fare il furbo. Hai distrutto la chiesa... C'è una denuncia e io ho il dovere...

– Ascolta, sergente, ci sono almeno dieci ragazzi e ragazze pronti a testimoniare di essere stati qui tutta notte in mia compagnia! Se qualcuno è entrato nella chiesa di Pieve del Pino e l'ha messa sottosopra, non è colpa mia. Io non mi sono mosso di qui!

Il triplice omicidio, per ora, è passato in secondo piano: Sarti Antonio, sergente, vuol essere sicuro che Rosas non sarà incolpato del disastro combinato in chiesa. Domanda:

– E il giornale? Non puoi dirmi che non è stato trovato in chiesa! Non me lo puoi dire!

– Io non ho idea di dove sia stato trovato... Può anche darsi che qualcuno che non conosco sia stato nella chiesa di Pieve del Pino, per fatti suoi, e abbia trovato sotto la prima panca della fila a sinistra, questo giornale. Allora può avere pensato che mi interessava per i miei studi sulla Resistenza... e me lo ha portato... Cioè, me lo ha messo nella cassetta delle lettere, dove l'ho trovato proprio questa mattina...

Pare che le cose siano chiare: Sarti Antonio, sergente, ha una sola cosa da chiedere:

– Che dice?

Rosas la tira lunga:

– C'è un po' di tutto: l'attività della brigata fino al giorno che la massacrarono in quella gola...

– Voglio sapere che dice del delitto... dei tre delitti!

– Sergente, non sono tre i delitti! Quei cinquantatre disgraziati ai quali abbiamo fatto un monumento, sono stati uccisi per il tradimento di quello stesso individuo che ha ucciso Giacinto Gessi, Mandini Gaetano e Giorgio Celli. Ormai, che differenza poteva esserci fra cinquantatre omicidi e cinquantasei?

Adesso le cose cominciano a farsi chiare. Nessuno dei presenti ha il coraggio di domandare: «chi?». È troppo grossa, anche per uno come Sarti Antonio, sergente.

Allora Rosas riprende a leggere:

– «Quattordici aprile. La proposta è questa: "Lina la leggera" andrà dal prete di Pieve del Pino e gli chiederà di mettersi in contatto con gli alleati. I tedeschi non sospetteranno di lui, che, cosí, potrà muoversi con sicurezza. Aspettiamo l'esito. Io ho detto chiaramente che non mi fido di quel lumacone nero, ma sono in minoranza. Spero proprio di sbagliarmi».

– «Quindici aprile. "Lina la leggera" è tornata.

Il lumacone ci sta. Può essere che io mi sia sbagliato sul suo conto...»

– «Sedici aprile. Il lumacone ha preso contatto con gli alleati e ci porta queste notizie: domani notte sarà il momento di muoverci. L'attacco per liberare la città è previsto per il diciotto aprile. Il nostro compito sarà quello di spianare la strada a una colonna di carri armati alleati che avanzerà sulla strada di Pieve del Pino verso Bologna. Dobbiamo togliere di mezzo due nidi di mitragliatrici tedesche che possono intralciare la loro avanzata. Ci dicono anche dove sono esattamente: conosco il posto. Domani notte sarà il nostro turno. Speriamo bene!»

Rosas non legge piú perché non c'è piú niente da leggere e mette sul tavolo il libretto scuro. Sarti Antonio, sergente, lo prende e ne scorre le pagine: la scrittura è piccola, un po' indecisa.

Le cose, adesso, sono chiare. Troppo chiare!
Rosas dice:

– Nella notte fra il diciassette e il diciotto aprile, la brigata partigiana di Volpe è stata massacrata. Li aspettavano in quella gola: un'imboscata preparata in tutti i particolari. Nessuno si salva per accusare chi ha tradito. Il ventuno aprile le armate alleate, precedute da brigate partigiane piú fortunate della brigata Volpe, entrano in città e Bologna è liberata dai tedeschi.

Appendice

Un questurino nella città che non è come le altre città

di Luigi Bernardi

«Questa città non è come le altre città» ha scritto di Bologna Carlo Lucarelli in *Almost Blue*, inaugurando un felice tormentone dal quale si è fatto poi accompagnare in tutte le sue prime presenze televisive. Lucarelli aveva le sue ragioni per uscire con un'affermazione del genere, ragioni tutte interne alla dinamica del suo romanzo e sulle quali tornerò piú avanti. Ma che Bologna non fosse una città uguale alle altre l'avevano già preteso – e per motivi lontanissimi da quelli dell'autore di *Almost Blue* – anche un paio di retoriche un tempo parecchio consolidate: una di origine per cosí dire «popolare» che reggeva la «diversità» del capoluogo emiliano sulla bonomia (cambio di consonante: Bononia, il nome romano di Bologna) della sua gente; l'altra piú specificamente politica che l'appoggiava sulla bontà della sua amministrazione «rossa».

Antonio Sarti, il sergente questurino protagonista dei romanzi di Loriano Macchiavelli nasce in questa Bologna «diversa», ne è stato educato, ne rappresenta fino in fondo lo spirito, indolenza compresa. Ma attenzione, sto parlando del personaggio, non dell'autore, non dei libri: i romanzi di Macchiavelli non sono cartoline turistiche, non sono scritti per reclamizzare la «diversità» bologne-

se, né per compiacere la «voglia di Bologna» che
negli anni Settanta gonfiò a dismisura la popola-
zione studentesca della città contaminando senza
possibilità di ritorno l'accento grasso dei bolognesi, per non parlare della cucina, della già ricorda-
ta bonomia, nonché del senso complessivo di ap-
partenenza «geopolitica» al nucleo urbano.

La genialità di Macchiavelli e il valore dei suoi
romanzi – oltre alla scioltezza della lettura, sempre divertente e ammiccante – consistono proprio
nel raccontare Bologna mentre vede sgretolarsi il
muro protettivo della «vecchia» diversità e, contemporaneamente delinearsi i primi tratti di quella «nuova», quella che, un giorno matura, sarà poi
rivelata da Lucarelli. La Bologna di Macchiavelli,
almeno quella dei primi romanzi, è una sorta di
«terrain vague» dove si comincia a guardarsi con
sospetto, ma si è ancora disponibili ad aprirsi a un
sorriso, magari dopo essersi mandati vicendevol-
mente al diavolo, come nel rapporto fra il questurino Sarti e l'anarchico-autonomo Rosas. È una
Bologna che sta cominciando a chiudersi, ma lo fa
lentamente, come se non fosse davvero sicura di
quello che sta facendo. Uno struzzo che vuole fic-
care la testa sotto la sabbia, ma rimanda di continuo perché è curioso di vedere cosa gli succede intorno.

La Bologna in cui era nato a cresciuto Antonio
Sarti era una città profondamente «rossa» ma,
contemporaneamente, altrettanto profondamente
aperta, gaudente, «curiosa». Quella che da altre
parti sarebbe stata letta come una contraddizione
in termini, qui era il prodotto di fattori storici e
ambientali. Si poteva essere comunisti e cattolici
allo stesso tempo (cattolici, non democristiani),

magari senza dirlo ma si poteva, (e che scontro
epocale fra Dozza e Dossetti: il secondo, sconfit-
to, andò a ritirarsi in convento), e soprattutto si
poteva essere comunisti e amare l'America. Non,
beninteso, l'America despota e colonizzatrice che
avremmo imparato a conoscere, ma l'America
aperta, gaudente, «curiosa» (vi ricorda qualcosa?)
del mito che via via stava mettendo le radici, ger-
minate a partire dai fertili semi della musica e del
cinema.

Bologna è sempre stata una città che ha amato
molto l'America: il cinema americano, la musica
americana, i fumetti americani, persino lo sport
americano. Per non parlare, ovviamente, della narrativa americana, anche dei gialli. E se non desta-
no particolare meraviglia le cantine dove si suo-
nava jazz e blues e le osterie dove si faceva l'alba
a parlare di Hollywood e delle sue mitologie, di sicuro danno da pensare tutti questi bolognesi che
si appassionavano di pallacanestro, di baseball e di
football americano, con una competenza pari se
non superiore a quella che riservavano ai due grandi sport cittadini, il calcio e il pugilato. Il calcio
grazie alla memoria dello squadrone che faceva
«tremare il mondo», la boxe esaltata dalla riunione del pomeriggio di Santo Stefano, al Palazzo dello sport di piazza Azzarita. E, come per la politica alla quale si dedicavano i capannelli della domenica mattina in piazza Maggiore, anche lo sport
era oggetto di accese discussioni «pubbliche».
«Fuffo» Bernardini, l'allenatore che portò all'ultimo lo scudetto rossoblú, quello dello spareggio
contro l'Inter, era un grande conversatore e ama-
va battibeccare con i suoi tifosi, fuori dal bar Otel-
lo, sempre meta anche dei campioni del passato.

Libero Golinelli, il formidabile allenatore di boxeur come Nino Benvenuti e Carlos Duran dispensava le sue tecniche pugilistiche non in circoli altisonanti – che Bologna peraltro non ha mai conosciuto – ma nel periferico bar Messico, fra una partita a Goriziana e un'altra ai Tarocchi bolognesi. Aveva la faccia da onesto, il temperamento bonario, quell'aria da chi sa che nella vita le cose importanti sono altre, forse per questo a un certo punto della sua carriera Benvenuti preferí fare a meno delle sue lezioni. Ebbe di che pentirsene, ma contro il pugno secco e maledettamente doloroso di Monzon, neanche l'arte di Libero Golinelli sarebbe stata sufficiente a tenere sulle gambe il Nino nazionale.

I due sport principe non esaurivano la voglia di sport di Bologna, che era poi essenzialmente smania di discussione: c'era dell'altro, c'era ancora spazio, uno spazio che permetteva di sintetizzare la voglia di sport con quella di America. Ed ecco allora la Bologna che primeggiò (e primeggia tuttora) nel basket, che accolse il baseball come nessuna delle grandi metropoli italiane fece mai (e anche Antonio Sarti non esita quando può ad andare al Gianni Falchi, a vedersi – magari senza capirla troppo – una partita della Montenegro di «Toro» Rinaldi e «Vic» Luciani), che quando qualcuno tentò di importare il football americano, gli scudetti se li giocavano, alla Lunetta Gamberini, le due squadre locali, dai nomi cosí americanizzati che facevano un po' ridere.

Piaceva l'America, ai bolognesi, perché era grande, e piena di cose, di ingredienti saporiti dosati ad arte, come le lasagne e i tortellini, di spazi aperti come piazze. Cosí quando l'America cominciò a mostrare gli artigli, ce ne fu subito un'altra da adottare, quella dei pacifisti, dei neri, di Bob Dylan e Joan Baez. Gianni Morandi che cantava «andavo a cento all'ora», sposò la causa del Vietnam e poi quella di «un mondo d'amore»: non erano scelte di comodo, fatte con il solo fine di rimanere a galla, era proprio lo spirito di quella Bologna, città aperta che cercava e sposava le idee aperte, e se ne nutriva come Braccio di Ferro di spinaci. Nelle piazze dove si discuteva bastò ricavare un angolo per le tende di solidarietà con il popolo vietnamita, i primi cappelloni vennero invitati ad andare dal barbiere, ma solo perché qualcosa bisognava pur dire, ai Judas, faccia grifagna e chitarre a manetta, si opposero i Pooh, melodici e vestiti bene, e anche questa possibile frattura venne ricomposta, senza che si udisse il minimo scricchiolio.

I problemi nacquero poco dopo, quando qualcuno cominciò a dire ai bolognesi che le idee aperte che tanto sbandieravano, in realtà non le avevano affatto. E che anche se le avevano, dovevano in qualche modo tirarle fuori. Possibile che una città del genere non avesse uno straccio di produzione culturale, oltre a qualche poeta e ai saggisti dell'università? Possibile che tutto quello che avevano da dire i bolognesi fossero solo discorsi da piazza? Bologna, insomma, era solo apparenza: sotto sotto era una città del tutto uguale alle altre. Fu uno shock. Una rottura senza margini di ricomposizione, un figlio che ripudia il padre, una donna trovata a letto con il miglior amico del marito, un vento freddo che non si era mai sentito prima. Bologna pagò la contestazione studentesca come poche altre città in Italia, forse perché non essendoci in zona grandi concentrazioni operaie, il movimento della fine degli anni Sessanta e per tutti gli anni Settanta fu quasi esclusivamente studentesco, e perciò piú radicale, fantasioso e irridente che da altre parti. Con il duplice effetto di richiamare qui studenti da mezza Italia, quelli, appunto, piú radicali, fantasiosi e irridenti e, come contraccolpo, di ammorbare il carattere dei bolognesi, che si fece di colpo acido, intollerante, chiuso, calcolatore.

Comincia allora, nei primi anni Settanta, la nuova «diversità» bolognese, o meglio, il periodo in cui la vecchia «diversità» fu smantellata, in attesa che se ne cementasse una nuova. Piazza Maggiore viene progressivamente abbandonata, la struttura aperta per eccellenza si vede privata uno a uno dei suoi abitanti, non c'è piú niente di cui si possa discutere senza incazzarsi, le parole che prima giravano libere, a vuoto, adesso trovano ostacoli contro i quali vanno a sbattere. In politica succedono cose strane, ci sono gli attentati, dei morti. Bisogna vigilare, e se bisogna vigilare vuol dire che c'è qualcuno che se ne sta nascosto, pronto a uscire. Altro che chiacchiere ad alta voce in piazza, si torna a bisbigliare, come si faceva sulle montagne quando c'erano i tedeschi e i fascisti da cacciar via. E anche il resto non va meglio. Il Bologna è la caricatura della squadra di una volta, il pugilato dopo il ritiro di Dante Canè è meglio lasciarlo perdere, e anche le riunioni di santo Stefano che tanto non ci va piú nessuno. Il cinema americano ha perso i contorni del mito, i grandi attori muoiono uno dopo l'altro, o si danno alla politica. Si fanno altri film, che parlano piú al cervello che al cuore. La piazza si svuota, insomma, si aprono i locali, le osterie, dove si va in pochi per volta. Si discute e ci si accapiglia. Le case degli studenti fuorisede diventano un luogo dove si rimette tutto in discussione. La voglia d'America diventa un'occasione di ripensamento, di cercare altre radici, poi di piantarle e farle crescere. È un movimento culturale senza precedenti, una sintesi di maestri lontanissimi fra loro, nessun linguaggio espressivo viene risparmiato, ma sono proprio la musica, la narrativa e il fumetto, i tre piú vicini alla sensibilità giovanile, a produrre gli esiti piú convincenti: la musica con Guccini, Dalla, Lolli, gli Skiantos; la narrativa con Tondelli, Palandri, Piersanti, il fumetto con Magnus, Bonvi, Pazienza, Scozzari. Non è un processo che si conclude dalla sera alla mattina, è chiaro, ci vorranno una decina di anni perché si possa dire completato, dieci anni nei quali la Bologna «diversa» di un tempo si trasforma nella Bologna «diversa» di oggi, dieci anni puntualmente raccontati da Loriano Macchiavelli e dai suoi romanzi gialli.

Loriano Macchiavelli è stato prima di tutto uno scrittore coraggioso. Il primo a scommettere sulla «raccontabilità» di Bologna, sulla possibilità di elevarla a scenario di storie e vicende che potessero interessare i lettori italiani di gialli. Detta cosí, sembra una cosa da poco, ma allora, quando fece il giro degli editori per proporre i suoi libri, ricevette solo risposte negative, alcune persino maleducate. Alla fine Garzanti cedette, piú per forza che per amore (la casa editrice si era obbligata contrattualmente a pubblicare il romanzo vincitore del premio «Gran Giallo Città di Cattolica», e Macchiavelli fece un'autentica razzia per tutte le

prime edizioni), e i lettori premiarono questo scrittore bolognese, uomo severo ma ricco di slanci di
generosità, scrittore schivo ma capace di gesti da
primattore, leader sostanziale e carismatico di una
generazione di scrittori che iniziava ad appassio-
narsi al giallo, e lo sceglieva come genere di romanzo capace di raccontare il presente, e magari
ammonire sul futuro.

I romanzi di Macchiavelli sono meccanismi semplici, sapientemente costruiti attorno agli elementi di una struttura seriale, iterativa. Il protagonista è il sergente della Questura, Antonio Sarti (nessuna parentela con il cantante Dino Sarti, che
proprio in quegli anni si sforzava di propagare il
mito di una città da cartolina), uno che non si capisce perché sia finito a fare il poliziotto, visto che
non ama neppure le armi, e la sua pistola d'ordi-
nanza la tiene chiusa nel comodino. Non partico-
larmente intelligente, buono ma soggetto a scatti
d'ira (che confluiscono a ravvivarne la cronica colite), pigro e maniacale (il caffè se lo fa con la macchinetta e se proprio deve prendere quello del bar
è disposto ad allungare la strada fino alla periferia
est, allo spaccio della torrefazione di Filicori e Zec-
chini, l'unico caffè della città in grado di rivaleg-
giare con il suo), orso solitario capace di zampate
vincenti (l'unica donna che lo abbia veramente
preso è la «biondina», una prostituta che batte sui
viali, ma non c'è romanzo in cui non si porti a letto qualcuna, di solito la piú bella del lotto), di certo piú adatto a operare in quel «paesone» che era
Bologna fino alla fine degli anni Sessanta, piuttosto che nella città vivace e sorprendente che è di-
ventata nel momento in cui Loriano Macchiavelli
inizia a raccontarne le storie.

Accanto al sergente Antonio Sarti, si muovono i comprimari, tutti cosí ben caratterizzati e funzionali da diventare indispensabili: Raimondi Cesare, il capo, ottuso e intransigente, che ha capito che piú che risolvere il caso conta quello che scriveranno i giornali; Felice Cantoni, l'autista, innamorato dell'auto 27, la Fiat 850 di servizio, che guida con paterna attenzione; Gianni «Lucciola» Deoni, il giornalista capace di infiocchettare una carriera mediocre con improvvisi scoop; e soprattutto Rosas, lo studente anarchico che a una scarsa vista (Sarti lo chiama il «talpone») oppone un intuito fuori dell'ordinario: è lui, l'oppositore del sistema, che risolve quasi sempre i casi al posto del sergente Sarti, salvandogli in piú di un'occasione la carriera. Sarti manda volentieri a quel paese Rosas (soprattutto quando qualche bella ragazza dimostra di preferire il giovane fascino intellettuale dell'anarchico alla matura prestanza del poliziotto), ma in fondo lo rispetta e si fida di lui. Il loro rapporto è una specie di «compromesso realista»: funziona alla giornata, nell'immediatezza dell'urgenza, mai potrebbe «storicizzarsi» in qualcosa di duraturo, oltre il contingente.

I racconti sono semplici, dalla trama lineare, mai troppo ingarbugliata, ideali per una lettura veloce, come un giallo dev'essere. Non a caso le storie di Macchiavelli saranno anche all'origine del rinnovato impegno nazionale nella fiction televisiva, con ben quattro serie tratte dai suoi libri. Undici romanzi in sette anni, la produzione di Loriano Macchiavelli è straripante, poi, improvviso, un rallentamento. Le uscite si diradano, l'autore cerca disperatamente di uccidere il proprio personaggio, di cercare nuove strade. Pubblica persino un paio di romanzi sotto pseudonimo, il primo sulla strage di Ustica, il secondo su quella della stazione.

La perdita di entusiasmo di Macchiavelli riflette l'analoga mortificazione della città. L'attentato alla stazione l'ha freddata, niente sarà piú come prima. Molti di quelli che erano venuti, cominciano ad andarsene. Arriva anche l'eroina e si contano i morti. Le istituzioni perdono ogni velleità di differenziazione: l'amministrazione «rossa» non è piú esibita con orgoglio, la carica di sindaco viene offerta a un modenese (una cosa dell'altro mondo, solo qualche anno prima), tutta la cultura prodotta negli anni Settanta viene ignorata, la scelta è diversa e definitiva: la città abdica all'Università e agli affari. L'Ateneo si compra uno dopo l'altro tutti gli spazi che via via si vengono liberando, e l'Ente Fiere stravolge con continue rassegne la vita quotidiana dei bolognesi. Che non si lamentano. L'indotto universitario regala alla città un paio di miliardi di lire al giorno, sotto forma di affitti e acquisto di generi di prima necessità, le fiere hanno un formidabile rientro turistico e commerciale. Il Bologna, è vero, continua a non vincere, ma la speranza, si sa, è l'ultima a morire.

Intanto però è successo che Macchiavelli è diventato un punto di riferimento, per tutto il giallo italiano, e per quello bolognese in particolare. Macchiavelli si fa promotore di un'associazione dopo l'altra, tutte di scarso rilievo, poi finalmente l'invenzione giusta, il «Gruppo 13», insieme ai suoi colleghi e amici bolognesi, quelli che hanno cominciato a scrivere dopo che lui aveva dimostrato che si poteva farcela. Ci sono tutti: i duri Pino Cacucci e Loris Marzaduri, i classici Danila Comastri Montanari, Sandro Toni e Gianni Materazzo, un'accoppiata di scalpitanti promesse, Marcello Fois e Carlo Lucarelli. Altri se ne aggiungeranno, ancora piú giovani e ancora piú scalpitanti: Giampiero Rigosi, Gianfranco Nerozzi, Eraldo Baldini. In realtà, il «Gruppo 13» è come se non esistesse: non sono tredici e tutti insieme probabilmente non si sono mai incontrati. Ma fa lo stesso. Il gruppo è un'invenzione mediatica, siamo ormai negli anni Ottanta e le sigle, i marchi, si conquistano le pagine sui giornali, figuriamoci poi se il marchio rappresenta un gruppo di scrittori di gialli, tutti della stessa città, Bologna, la città che non è come le altre città. Ovviamente non sono neanche tutti di Bologna, ma nessuno guarda troppo per il sottile, quello che conta è che sono tutti bravi e che cominciano da dove lo stesso Macchiavelli aveva cominciato, guardandosi intorno, scoprendo la nuova «diversità» di Bologna.

Nella città che non è come le altre città le cose continuano ad accadere, magari in modo nascosto. Per un certo periodo, nella prima metà degli anni Novanta, proprio quando i giallisti, che ormai conviene chiamare «noiristi», cominciano a imporsi a livello nazionale e internazionale – e a Loriano Macchiavelli, dopo una parentesi dedicata alla produzione per ragazzi, torna l'entusiasmo della scrittura, questa volta in coppia con Francesco Guccini – Bologna è la città di tutto il mondo occidentale dove si edita la maggior quantità di fumetti giapponesi, e la città occidentale al di fuori degli Stati Uniti dove si edita il maggior numero di fumetti americani. È la città dove si realizzano i videoclip che vedrà tutta Italia, è la città che per prima impara a usare la rete e con il gruppo Luther Blissett ridà fiato all'eccitazione situazionista. Insomma, nell'ombra, a volte proprio come in clandestinità, la città che non è come le altre città è tornata quella di un tempo: aperta, gaudente, «curiosa». Ora anche un po' maledetta.

Bibliografia di Loriano Macchiavelli

Le piste dell'attentato, 1974
Fiori alla memoria, 1975
Ombre sotto i portici, 1976
Sui colli all'alba, 1976
Sequenze di memoria, 1976
Passato, presente e chissà, 1978
Cos'è accaduto alla signora perbene, 1979
Sarti Antonio: un diavolo per capello, 1980
Sarti Antonio: caccia tragica, 1981
L'archivista, 1981
La stage dei centauri, 1981
Sarti Antonio e l'amico americano, 1983
La balla delle scarpe di ferro, 1983
Rapiti si nasce, 1985
Stop per Sarti Antonio, 1987
La rosa e il suo doppio, 1987
Sarti Antonio e il malato immaginario, 1988
Funerale dopo Ustica (pseudonimo Jules Quicher), 1989
Strage (pseudonimo Jules Quicher), 1990
Un poliziotto, una città, 1991
Un triangolo a quattro lati, 1992
Partita con il ladro (per ragazzi), 1992
Sospiri, lamenti e ali di pipistrello (per ragazzi), 1992
La ghironda dagli occhi azzurri, 1994
Sarti Antonio e il diamante insanguinato (per ragazzi),
   1994.

Sarti Antonio e la ballata per chitarra e coltello (per ragazzi), 1994

Sarti Antonio e il mistero cinese (per ragazzi), 1994

Coscienza sporca, 1995

Macaroní (con Francesco Guccini), 1997

Sgumbéi, 1998

Un disco dei Platters (con Francesco Guccini), 1998

Indice

Stampato per conto della Casa editrice Einaudi
presso Mondadori Printing S.p.a., Stabilimento N.S.M., Cles (Trento)
nel mese di aprile 2006

C.L. **18363**

Edizione								Anno			
0	1	2	3	4	5	6		2006	2007	2008	2009